卞尺丹几乙し丹卞と

Translated Language Learning

Les Aventures d'Alice au Pays des Merveilles

Приключения Алисы в Стране чудес

Lewis Carroll

Льюис Кэрролл

Français / Русский

Copyright © 2024 Tranzlaty

Published by Tranzlaty
ISBN: 978-1-83566-815-3
Original text: Alice's Adventures in Wonderland
by Lewis Carroll (1865)
Abridged by Sam'l Gabriel Sons (1916)
www.tranzlaty.com

Dans le Terrier du Lapin
Вниз по кроличьей норе

Alice commençait à être très fatiguée
Алиса начинала сильно уставать
Elle était assise à côté de sa sœur sur le talus d'herbe
Она сидела рядом с сестрой на лужайке
Mais elle n'avait rien à faire
Но делать ей было нечего
Sa sœur lisait un livre
Ее сестра читала книгу
une ou deux fois, Alice jeta un coup d'œil dans le livre
раз или два Алиса заглядывала в книгу
Mais le livre ne contenait ni images ni conversations
Но в книге не было ни картинок, ни разговоров
« À quoi sert un livre sans images ? » pensa Alice
"Что толку от книги без картинок?" - думала Алиса
« Pourquoi un livre n'aurait-il pas de conversations ? »
«Почему в книге нет разговоров?»
Mais elle avait d'autres choses à considérer
Но у нее были и другие заботы

« Faire une chaîne de marguerites serait un plaisir »
«Сделать цепочку из ромашек было бы удовольствием»
« Mais cela vaut-il la peine de se lever et de cueillir les marguerites ?? »
«Но стоит ли это усилий, чтобы встать и собрать ромашки??»
Ce n'était pas si facile d'y penser
Об этом было не так просто подумать
parce que la journée la rendait somnolente et stupide
Потому что этот день заставлял ее чувствовать себя сонной и глупой
Mais soudain, ses pensées s'interrompirent
Но внезапно ее мысли прервались
un lapin blanc aux yeux roses courait près d'elle
рядом с ней пробежал Белый Кролик с розовыми глазами

Il n'y avait rien de trop remarquable chez le lapin
В кролике не было ничего особенного
et Alice ne trouvait pas non plus le lapin remarquable
и Алиса тоже не считала кролика примечательным
elle ne s'étonna pas non plus quand le Lapin parla

и она не удивилась, когда Кролик заговорил

« Oh mon Dieu ! Je serai trop tard ! se dit-il

«О боже! Я опоздаю!» — сказал он себе

mais alors le Lapin a fait quelque chose que les lapins n'ont pas fait

но потом Кролик сделал то, чего не делали кролики

le Lapin tira une montre de la poche de son gilet

Кролик вынул часы из жилетного кармана

Il regarda l'heure puis se hâta

Он посмотрел на время и поспешил дальше

Alice se leva, stupéfaite

Алиса в изумлении вскочила на ноги

Elle n'avait jamais vu un lapin avec un gilet auparavant !

Она никогда раньше не видела кролика в жилете!

elle n'avait jamais vu non plus de lapin avec une montre !

и она никогда не видела кролика с часами!

Alice brûlait d'une nouvelle curiosité

Алиса горела новым любопытством

et elle courut à travers le champ après le Lapin

и она побежала через поле за Кроликом

Elle était juste à temps pour voir le lapin disparaître

Она как раз успела увидеть, как кролик исчезает

Le lapin sauta dans un grand terrier de lapin

Кролик спрыгнул в большую кроличью нору

Un instant plus tard, Alice s'est mise à courir après le lapin !

Еще мгновение Алиса спустилась вниз за кроликом!

Le terrier du lapin continuait tout droit comme un tunnel

Кроличья нора шла прямо, как туннель

Et le tunnel a continué à avancer sur une certaine distance

И туннель продолжал идти на некоторое расстояние

Et puis le chemin s'est soudainement incliné

И тут тропинка внезапно опустилась вниз

Alice n'eut pas un instant pour songer à s'arrêter

У Алисы не было ни минуты для того, чтобы остановить себя

Elle s'est retrouvée à tomber et à tomber

Она обнаружила, что падает вниз, вниз и вниз

Il semblait qu'elle était tombée dans un puits très profond

Казалось, что она упала в очень глубокий колодец

Ou le puits était très profond, ou bien elle tombait très lentement

То ли колодец был очень глубоким, то ли она падала очень медленно

parce qu'elle avait tout le temps de tomber

Потому что у нее было много времени, чтобы упасть

alors qu'elle tombait, elle pouvait regarder tout autour d'elle

Когда она падала, она могла смотреть вокруг себя

D'abord, elle a essayé de comprendre où elle allait

Сначала она попыталась разобрать, куда идет

mais le puits était trop sombre pour voir quoi que ce soit

Но колодец был слишком темным, чтобы что-то разглядеть

Puis elle regarda les côtés du puits

Затем она посмотрела на стенки колодца

Et elle remarqua qu'il y avait des placards tout autour d'elle

И она заметила, что вокруг нее стоят шкафы

et tout autour du puits il y avait des étagères de livres

А вокруг колодца стояли книжные полки

Çà et là, elle voyait des cartes et des tableaux accrochés à des piquets

То тут, то там она видела карты и картины, висящие на колышках

En passant, elle prit un bocal sur l'une des étagères

Проходя мимо, она сняла банку с одной из полок

Le pot a été étiqueté pour son contenu

На банку была нанесена маркировка по содержимому

« MARMELADE D'ORANGES »

"МАРМЕЛАД ИЗ АПЕЛЬСИНОВ"

Mais, à sa grande déception, le pot de marmelade était vide

Но, к ее великому разочарованию, банка с мармеладом была пуста

Elle ne voulait pas laisser tomber le pot de marmelade vide

Она не хотела ронять пустую банку из-под мармелада

et sa chute fut très lente

и падение у нее было очень медленным

Elle a donc réussi à mettre le pot de marmelade dans l'un des placards

Поэтому ей удалось положить баночку с мармеладом в один из шкафов

Tombée, descendue, tombée !

Вниз, вниз, вниз она падает!

La chute prendrait-elle fin ?

Закончится ли когда-нибудь падение?

Il n'y avait rien d'autre à faire

Делать было нечего

alors Alice commença bientôt à se parler à elle-même

поэтому Алиса вскоре начала разговаривать сама с собой

« Je vais beaucoup manquer à Dinah ce soir, je pense ! »

— Думаю, Дина будет очень скучать по мне сегодня вечером!

Dinah était le chat d'Alice

Дина была кошкой Алисы

« J'espère qu'ils se souviendront de sa soucoupe de lait à l'heure du thé »

«Надеюсь, они вспомнят ее блюдце с молоком во время чаепития»

« Dinah, ma chère, je voudrais que tu sois ici avec moi ! »

— Дина, моя дорогая, как бы я хотела, чтобы ты была здесь со мной!

Alice sentit qu'elle s'assoupissait

Алиса почувствовала, что задремлет

Et puis soudain, bruit sourd ! bourrade!

И тут вдруг, бах! бухать!

Elle tomba sur un tas de bâtons

Она упала вниз на кучу палок

et elle atterrit sur un tas de feuilles sèches

И она приземлилась на кучу сухих листьев

et enfin la longue chute dans le trou était terminée

И, наконец, долгое падение в яму закончилось

Alice n'était pas du tout blessée

Алиса ничуть не обиделась

Et elle se leva d'un bond au bout d'un instant

И она вскочила в мгновение ока

Elle leva les yeux, mais il faisait noir au-dessus de sa tête

Она подняла глаза, но над головой было темно

Devant elle se trouvait un autre long couloir

Перед ней был еще один длинный коридор

et le Lapin Blanc était toujours en vue

а Белый Кролик все еще был в поле зрения

Il se hâtait dans le couloir

Он спешил по коридору

Il n'y avait pas un instant à perdre

Нельзя было терять ни минуты

Alice s'enfuit comme le vent

Алиса побежала, как ветер

Au coin de la rue, le lapin s'est retourné

За углом обернулся кролик

Elle était juste à temps pour entendre le lapin

Она как раз успела услышать крик кролика

« "Oh, mes oreilles et mes moustaches »

«О, мои уши и усы»

« Comme il est tard ! »

«Как уже поздно!»

Elle était tout près derrière le lapin

Она была близко позади кролика

Elle tourna au détour d'un autre coin

Она завернула за другой угол

mais le Lapin n'était plus visible

но Кролика больше не было видно

Elle se retrouva dans une longue salle basse

Она очутилась в длинном низком зале

La salle était éclairée par une rangée de plafonniers

Зал освещался рядом потолочных светильников

Il y avait des portes tout autour de la salle

По всему залу были двери

mais toutes les portes étaient fermées à clé

но все двери были заперты

Elle marcha tout le long d'un côté de la salle

Она прошла весь путь по одной стороне зала
et elle avait fait tout le chemin de l'autre côté de la salle
и она прошла весь путь вверх по другой стороне зала
Elle avait essayé toutes les portes
Она перепробовала каждую дверь
et elle marchait tristement au milieu de la salle
И она грустно пошла по середине зала
« Comment vais-je jamais en sortir ? »
«Как я когда-нибудь выйду из дома?»

Tout à coup, elle tomba sur une petite table
Вдруг она наткнулась на маленький столик
La table était entièrement en verre massif
Стол был полностью изготовлен из цельного стекла
Il n'y avait rien sur la table à part une petite clé dorée
На столе не было ничего, кроме крошечного золотого
ключика
La clé pourrait appartenir à l'une des portes !
Ключ может принадлежать одной из дверей!
Mais, hélas ! Certaines serrures étaient trop grandes pour les

clés

Но, увы! Некоторые замки были слишком велики для ключей

et pour les autres serrures, la clé était trop petite

а для других замков ключ был слишком мал

mais, en tout cas, la clef n'ouvrit aucune des portes

Но, во всяком случае, ключ не открывал ни одной из дверей

Mais que devait-elle faire ?

Но что ей было делать?

Elle traversa de nouveau le couloir

Она снова прошла по залу

et cette fois, elle remarqua un rideau bas

И на этот раз она обратила внимание на низкую занавеску

Derrière le rideau se trouvait une petite porte

За занавеской была маленькая дверца

La porte avait une quinzaine de pouces de haut

Дверь была около пятнадцати дюймов в высоту

Elle essaya la petite clé dorée dans la serrure

Она попробовала маленький золотой ключик в замке

Et à sa grande joie, la clé s'est glissée dans la serrure !

И, к ее великому удовольствию, ключ подошел к замку!

Alice ouvrit la porte

Алиса открыла дверь

et elle trouva la porte qui donnait sur un petit couloir

и она обнаружила, что дверь ведет в небольшой коридор

Le couloir n'était pas beaucoup plus grand qu'un trou à rats

Коридор был не больше крысиной норы

Elle s'agenouilla et regarda le long du couloir

Она опустилась на колени и посмотрела по коридору

et elle a vu le plus beau jardin que vous ayez jamais vu

И она увидела самый прекрасный сад, который ты когда-либо видел

comme elle avait envie de sortir de cette salle sombre

Как ей хотелось выбраться из этого темного зала

comme elle voulait se promener parmi ces fleurs lumineuses

Как ей хотелось побродить среди этих ярких цветов

Comme ces fontaines avaient l'air cool et rafraîchissantes

Как круто освежающие выглядели эти фонтаны

Mais elle ne pouvait même pas passer la tête par la porte

Но она даже не могла просунуть голову в дверной проем

— Oh ! dit Alice d'un ton lugubre

-- О-о, -- печально сказала Алиса

comme je voudrais pouvoir me plier comme un télescope !

«Как бы мне хотелось сложиться, как телескоп!»

« Je pense que je pourrais me plier comme un télescope »

«Думаю, я мог бы сложиться, как телескоп»

« Si seulement je savais par où commencer »

«Если бы я только знал, с чего начать»

Alice retourna à la table

Алиса вернулась к столу

Il y avait la chance de trouver une autre clé

Был шанс найти еще один ключ

Ou il pourrait y avoir un livre de règles

Или может быть книга правил

Le livre pourrait lui apprendre à se plier comme un télescope

Книга могла бы рассказать ей, как складываться, как в телескоп

Cette fois, elle trouva une petite bouteille

На этот раз она нашла маленькую бутылочку

« cette bouteille n'était certainement pas là auparavant, » dit Alice

— Этой бутылки здесь точно не было, — сказала Алиса

et autour du goulot de la bouteille était attachée une étiquette en papier

А вокруг горлышка бутылки была завязана бумажная этикетка

L'étiquette était magnifiquement imprimée en grandes lettres

Этикетка была красиво напечатана крупными буквами

« BOIS-MOI »

«ВЫПЕЙ МЕНЯ»

« Non, je vais regarder d'abord », a-t-elle dit

«Нет, я сначала посмотрю», — сказала она

« Je vais voir si la bouteille est marquée comme toxique ou non, »

«Я посмотрю, помечена ли бутылка как ядовитая или нет».

Parce qu'elle n'a jamais oublié la leçon sur le poison

Потому что она никогда не забывала урок о яде

« Si une bouteille est étiquetée comme toxique, elle est forcément en désaccord avec vous »

«Если бутылка помечена как ядовитая, она обязательно с вами не согласится»

Cependant, cette bouteille n'a pas été marquée comme toxique

Однако эта бутылка не была помечена как ядовитая

alors Alice se hasarda à goûter le contenu de la bouteille

поэтому Алиса отважилась попробовать содержимое бутылки

Elle trouva le liquide tout à fait à son goût

Она обнаружила, что жидкость ей вполне по душе

La boisson avait une sorte de saveur mélangée

Напиток имел своего рода смешанный вкус

tarte aux cerises, crème pâtissière et ananas

вишневый пирог, заварной крем и ананас

Rôtir la dinde, le caramel et le pain grillé au beurre chaud

Жареная индейка, ириски и тосты с горячим сливочным маслом

et elle finit bientôt la bouteille

И вскоре она допила бутылку

« Quelle curieuse sensation ! » dit Alice

- Какое любопытное чувство, - сказала Алиса

« Je me plie comme un télescope ! »

«Я складываюсь, как телескоп!»

Et elle se repliait comme un télescope !

И она действительно складывалась, как телескоп!

Elle n'avait plus que dix pouces de haut

Теперь она была всего десять дюймов в высоту

et son visage s'éclaira à ses pensées

и лицо ее просветлело от ее мыслей

Maintenant, elle était de la bonne taille pour la petite porte

Теперь она была подходящего размера для маленькой
дверцы
Maintenant, elle pouvait aller dans ce joli jardin
Теперь она могла пойти в этот прекрасный сад
Bientôt, elle a cessé de devenir plus petite
Вскоре она перестала становиться меньше
Elle décida d'aller tout de suite dans le jardin
Она решила немедленно отправиться в сад
mais, hélas pour la pauvre Alice !
но, увы бедной Алисе!
Elle arriva à la porte
Она добралась до двери
Mais elle avait oublié la petite clé d'or
Но она забыла маленький золотой ключик
Elle retourna à la table pour prendre la clé
Она вернулась к столу за ключом
**Mais elle s'aperçut qu'elle ne pouvait pas atteindre assez
haut**
Но она обнаружила, что не может подняться достаточно
высоко
Elle pouvait voir la clé très distinctement à travers la vitre
Через стекло она могла ясно видеть ключ
Elle essaya de grimper sur les pieds de la table
Она попыталась забраться на ножки стола
Mais le verre était beaucoup trop glissant
Но стекло было слишком скользким
Finalement, elle s'est fatiguée à essayer
В конце концов она утомила себя попытками
et la pauvre petite fille s'assit et pleura
А бедная девочка села и заплакала
Alice se parlait à elle-même assez vivement
Алиса говорила сама с собой довольно резко
« Allons, ça ne sert à rien de pleurer comme ça ! »
— Ну, нечего так плакать!
« Je vous conseille d'arrêter tout de suite ! »
«Я советую вам остановиться прямо сейчас!»
Elle se donnait généralement de très bons conseils

Она вообще давала себе очень хорошие советы

bien qu'elle suivît très rarement ses propres conseils

хотя она очень редко следовала своим собственным советам

Et elle était parfois trop dure envers elle-même

и иногда она была слишком сурова к себе

et ses paroles lui firent monter les larmes aux yeux

и ее слова вызвали слезы на ее глазах

Bientôt, son regard tomba sur une petite boîte en verre

Вскоре ее взгляд упал на маленькую стеклянную коробочку

La petite boîte de verre était posée sous la table

Маленькая стеклянная коробочка лежала под столом

Dans la boîte en verre se trouvait un tout petit gâteau

В стеклянной коробке лежал очень маленький торт

Sur le gâteau, quelques mots étaient magnifiquement écrits

На торте были красиво написаны некоторые слова

les mots avaient été marqués dans des groseilles

Эти слова были помечены смородиной

« MANGE-MOI »

«СЪЕШЬ МЕНЯ»

« Eh bien, je vais manger le gâteau », dit Alice

-- Ну, я съем торт, -- сказала Алиса

« et si le gâteau me fait grossir, je peux atteindre la clé »

«И если торт заставит меня вырасти больше, я смогу добраться до ключа»

« et si le gâteau me fait rapetisser, je peux me glisser sous la porte »

"И если торт заставит меня стать меньше, я могу пролезть под дверь"

« Donc, de toute façon, j'irai dans le jardin »

«Так что в любом случае я пойду в сад»

« Et peu m'importe lequel des deux arrive ! »

— И мне все равно, что из этого произойдет!

Elle a mangé un peu du gâteau

Она съела немного торта

et elle se parla anxieusement à elle-même :

И она с тревогой говорила про себя:
« Dans quel sens ? Dans quel sens ?
— В какую сторону? В какую сторону?
et elle posa la main sur sa tête
и она держала руку на голове
Elle voulait sentir de quelle façon elle grandissait
Она хотела почувствовать, в каком направлении она растет
Elle fut très surprise de découvrir ce qui s'était passé
Она была весьма удивлена, узнав, что произошло
Elle était restée de la même taille !
Она осталась того же размера!
Cette fois, elle redoubla donc d'efforts
Так что на этот раз она удвоила свои усилия
Et bientôt, elle termina tout le gâteau
И вскоре она доела весь торт

La mare de larmes

Лужа слез

« Cela devient de plus en plus intéressant ! » s'écria Alice

"Это становится все интереснее и интереснее!" - воскликнула Алиса

Vous pouvez voir qu'elle était très surprise

Вы можете видеть, что она была очень удивлена

« Je m'ouvre comme le plus grand télescope qui ait jamais existé ! »

«Я открываюсь, как самый большой телескоп, который когда-либо был!»

« Au revoir, les pieds ! Oh, mes pauvres petits pieds"

— До свидания, ноги! О, мои бедные маленькие ножки!»

« Je me demande qui va vous mettre vos chaussures maintenant, mes chères ? »

— Интересно, кто теперь наденет для вас туфли, дорогие?

et je me demande qui mettra vos bas ?

— А интересно, кто наденет твои чулки?

« Je serai beaucoup trop loin »

«Я буду слишком далеко»

« Je ne pourrai plus me soucier de toi »

«Я больше не смогу беспокоиться о тебе»

Juste à ce moment, sa tête heurta quelque chose

Как раз в этот момент ее голова ударилась обо что-то

Elle avait atteint le toit de la salle

Она добралась до крыши зала

En fait, elle mesurait maintenant plus de deux mètres

На самом деле ее рост был уже более двух метров

et elle prit aussitôt la petite clef d'or

И она тотчас же взяла маленький золотой ключик

et elle se précipita vers la porte du jardin

И она поспешила к садовой двери

Pauvre Alice ! Il n'y avait pas grand-chose qu'elle pouvait faire

Бедная Алиса! Она мало что могла сделать

Elle s'allongea sur le côté

она легла на бок

et elle regarda d'un œil dans le jardin

и она смотрела в сад одним глазом

Mais s'en sortir était plus désespéré que jamais

Но прорваться было как никогда безнадежно

Elle s'est assise et a recommencé à pleurer

Она села и снова заплакала

Elle a continué à verser des litres de larmes

Она продолжала проливать галлоны слез

Bientôt, il y eut une grande flaque tout autour d'elle

Вскоре вокруг нее образовался большой бассейн

et l'eau atteignait la moitié du couloir

и вода доходила до половины коридора

Au bout d'un moment, elle entendit un petit claquement de pieds

Через некоторое время она услышала легкий топот ног

Elle entendit les pas venir de loin

Она слышала издалека шаги

et elle s'essuya vivement les yeux pour voir ce qui allait arriver

и она поспешно вытерла глаза, чтобы увидеть, что произойдет

C'était le retour du Lapin Blanc

Это было возвращение Белого Кролика

Il était magnifiquement vêtu

Он был великолепно одет

Il avait une paire de gants blancs dans une main

В одной руке у него была пара белых перчаток

et il avait un grand éventail de plumes dans l'autre main

а в другой руке у него был большой веер из перьев

Il arriva en trottinant en toute hâte

Он бежал рысью в большой спешке

et il murmura en lui-même : « Oh ! la duchesse, la duchesse !

и он пробормотал про себя: «О! Герцогиня, герцогиня!

« Ah ! ne serait-elle pas sauvage si je l'ai fait attendre !

— О! Не будет ли она дикой, если я заставлю ее ждать!

Quand le Lapin s'approcha d'elle, Alice prit la parole

Когда Кролик подошел к ней, Алиса заговорила

Mais elle parlait d'une voix basse et timide

но она говорила тихим, робким голосом

« Monsieur, s'il vous plaît, arrêtez ce que vous faites un instant »

«Сэр, пожалуйста, прекратите то, что вы делаете, на мгновение»

Le Lapin sursauta violemment

Кролик сильно вздрогнул

Il laissa tomber les gants blancs et l'éventail de plumes

Он сбросил белые перчатки и веер из перьев

et il s'enfuit dans les ténèbres aussi vite qu'il le put

И он помчался прочь в темноту так быстро, как только мог

Alice ramassa l'éventail en plumes et les gants

Алиса взяла веер из перьев и перчатки

Et elle n'arrêtait pas de s'éventer tout en parlant

И она продолжала обмахиваться веером, продолжая говорить

« Cher, cher ! Comme tout est étrange aujourd'hui !

«Милый, милый! Как странно все сегодня!»

« Hier, les choses se sont passées comme d'habitude »

«Вчера все шло своим чередом»

« Étais-je le même quand je me suis levé ce matin ? »

«Я был таким же, когда встал сегодня утром?»

« Mais si je ne suis pas le même, il y a une autre question »

«Но если я не такой, то есть другой вопрос»

« Qui suis-je ? »

«Кто я такой?»

« Ah, c'est le grand casse-tête ! »

«, вот в чем великая головоломка!»

En disant cela, elle baissa les yeux sur ses mains

Сказав это, она посмотрела на свои руки

Elle portait l'un des petits gants blancs du lapin

На ней была одна из маленьких белых перчаток кролика

Elle n'avait pas remarqué qu'elle avait mis le gant en parlant

Она не заметила, как надела перчатку во время разговора

« Comment ai-je pu faire cela ? » a-t-elle pensé

«Как я могла это сделать?» — подумала она

« Je dois redevenir petit »

«Должно быть, я снова становлюсь маленьким»

Elle se leva et s'approcha de la table pour mesurer sa taille

Она встала и подошла к столу, чтобы измерить свой рост

Elle a découvert qu'elle mesurait maintenant environ un demi-mètre

Она обнаружила, что теперь ее рост составляет около полуметра

et elle rétrécissait encore rapidement

и она все еще быстро уменьшалась

Elle découvrit rapidement quelle était la cause de ce rétrécissement

Вскоре она узнала, в чем причина усадки

L'éventail de plumes la rendait encore plus petite !

Веер из перьев снова делал ее меньше!

et elle laissa tomber l'éventail de plumes à la hâte

И она поспешно выронила веер из перьев

Elle laissa tomber l'éventail de plumes juste à temps pour se

sauver

Она уронила веер из перьев как раз вовремя, чтобы спасти себя

Si elle s'était éventée plus longtemps, elle se serait complètement retirée

Если бы она еще больше обмахивалась веером, то совсем отпрянула бы

« C'était une échappatoire de justesse ! » dit Alice

"Это было чудом спасшееся!" - сказала Алиса

et elle fut bien effrayée de ce changement soudain

и она была очень напугана внезапной переменой

mais elle était très heureuse de se trouver encore en existence

но она была очень рада, что все еще существует

« Et maintenant, en route pour le jardin ! »

— А теперь в сад!

Et elle courut à toute vitesse vers la petite porte

И она со всей скоростью побежала обратно к маленькой дверце

Mais, hélas ! La petite porte fut refermée

Но, увы! Маленькая дверца снова захлопнулась

et la petite clé d'or était de nouveau posée sur la table de verre

И маленький золотой ключик снова лежал на стеклянном столике

« Les choses sont pires que jamais », pensa le pauvre enfant

«Дела обстоят хуже, чем когда-либо, – думал бедный ребенок

« Je n'ai jamais été aussi petit que ça auparavant, jamais ! »

«Я никогда раньше не был таким маленьким, никогда!»

En prononçant ces mots, son pied glissa

Когда она произнесла эти слова, ее нога соскользнула

et un instant plus tard, il y eut une grande éclaboussure !

И в следующий момент раздался большой всплеск!

Elle était dans l'eau salée jusqu'au menton

Она была по подбородок в соленой воде

Sa première idée fut qu'elle était tombée d'une manière ou

d'une autre dans la mer

Ее первой мыслью было то, что она каким-то образом упала в море

Cependant, elle s'est vite rendu compte dans quoi elle se trouvait

Однако вскоре она поняла, во что попала

Elle était dans une mare de larmes

Она была в луже слез

les larmes qu'elle avait versées quand elle avait deux mètres de haut

слезы, которые она выплакала, когда была ростом два метра

Juste à ce moment-là, elle entendit quelque chose

В этот момент она что-то услышала

Quelque chose barbotait dans la mare

Что-то плескалось в бассейне

Les éclaboussures venaient d'un peu de loin

Брызги доносились издалека

et elle nagea plus près pour voir ce que c'était que les éclaboussures

и она подплыла ближе, чтобы посмотреть, что это за плеск

Elle vit bientôt que ce n'était qu'une petite souris

Вскоре она увидела, что это всего лишь маленькая мышка

La petite souris s'était également glissée dans l'eau

Мышонок тоже соскользнул в воду

Alice réfléchit à la situation

Алиса задумалась про себя о сложившейся ситуации

« Serait-il utile de parler à cette souris ? »

— Будет ли толку говорить с этой мышью?

« Tout est tellement à l'envers ici »

«Здесь все так перевернуто с ног на голову»

« Je pense que c'est très probable que cette souris peut parler »

«Я думаю, очень вероятно, что эта мышь может говорить»

« En tout cas, il n'y a pas de mal à essayer »

«Во всяком случае, нет ничего плохого в том, чтобы попытаться»

Alors elle a commencé à essayer de parler à la souris

Поэтому она начала пытаться разговаривать с мышкой

« Oh Souris, sais-tu comment sortir de cette mare ? »

— О, Мышонок, ты знаешь, как выбраться из этого бассейна?

« Je suis bien fatigué de nager ici, ô souris ! »

— Мне очень надоело плавать здесь, о Мышонок!

La souris la regarda d'un air assez inquisiteur

Мышка посмотрела на нее довольно пытливо

La souris semblait cligner de l'œil avec l'un de ses petits yeux

Мышка, казалось, подмигнула одним из своих маленьких глазков

Mais la petite souris ne dit rien

Но мышонок ничего не сказал

« Peut-être la souris ne comprend-elle pas l'anglais », pensa Alice

"Может быть, мышка не понимает по-английски, - подумала Алиса

« J'ose dis-le que c'est une souris française »

«Осмелюсь сказать, что это французская мышь»

« peut-être que cette souris est venue avec Guillaume le Conquérant »

«Возможно, эта мышь перешла вместе с Вильгельмом Завоевателем»

Alors elle a recommencé, en français

Поэтому она начала снова, по-французски

« Où est mon chat ? » a-t-elle demandé en français

«Где моя кошка?» — спросила она по-французски

c'était la première phrase de son livre de leçons de français

это было первое предложение в ее учебнике французского языка

La souris fit un saut soudain hors de l'eau

Мышка резко выпрыгнула из воды

et la souris semblait frémir de frayeur

И мышь, казалось, дрожала всем телом от страха

— Oh ! je vous demande pardon ! s'écria vivement Alice

-- О, прошу прощения, -- поспешно воскликнула Алиса

Elle craignait d'avoir blessé les sentiments du pauvre animal

Она боялась, что задела чувства бедного животного

« J'oubliais que tu n'aimais pas les chats »

«Я совсем забыла, что ты не любишь кошек»

« Je n'aime pas les chats ! » cria la Souris d'une voix aiguë et passionnée

"Я не люблю кошек!" - закричала Мышка пронзительным, страстным голосом

« Voudrais-tu des chats, si tu étais moi ? »

— Ты бы хотел кошек на моем месте?

Alice réconforta la souris d'un ton apaisant

Алиса успокаивающим тоном успокаивала мышку

« Eh bien, peut-être que je n'aimerais pas non plus les chats si j'étais vous »

«Ну, возможно, я бы на вашем месте тоже не любил кошек»

« S'il vous plaît, ne soyez pas en colère à propos de la mention des chats »

«Пожалуйста, не сердитесь из-за упоминания о кошках»
« Et pourtant, j'aimerais pouvoir te montrer notre chat
Dinah »
«И все же я хотел бы показать вам нашу кошку Дину»
« Si vous la rencontriez, je pense que vous prendriez goût
aux chats »
«Если бы вы встретили ее, я думаю, вы бы полюбили
кошек»
« Si seulement vous pouviez la voir »
«Если бы ты только мог ее видеть»
« Elle est une chose si chère et si calme »
«Она такая милая, тихая штучка»
La souris tremblait de partout
Мышь дрожала всем телом
Alice était certaine que la souris devait être vraiment
offensée
Алиса была уверена, что мышка, должно быть,
действительно обиделась
« On ne parlera plus d'elle, si tu préfères ne pas le faire »
«Мы больше не будем о ней говорить, если вы не хотите»
« Nous, en effet ! » s'écria la Souris
"Мы!" - закричала Мышь
La souris tremblait jusqu'au bout de sa queue
Мышь дрожала до конца хвоста
« Comme si je voulais parler d'un tel sujet ! »
— Как будто бы я стал говорить на такую тему!
« Notre famille a toujours détesté les chats »
«Наша семья всегда ненавидела кошек»
"Les chats ; des choses méchantes, basses, vulgaires !
«Кошки; мерзкие, низкие, пошлые вещи!»
« Ne me laissez plus entendre le nom ! »
«Не позволяй мне больше слышать это имя!»
— Je ne parlerai plus des chats, en effet, dit Alice
"Я больше не буду упоминать о кошках!" - сказала Алиса
Elle était très pressée de changer de sujet
Она очень спешила сменить тему
"Êtes-vous... Aimez-vous les chiens ?

«Ты... Вы любите собак?

« Il y a un petit chien si gentil près de notre maison, »

«Рядом с нашим домом живет такая милая маленькая собачка»,

« Je voudrais te montrer le petit chien ! »

— Я хотел бы показать вам маленькую собачку!

"Ce petit chien tue tous les rats et...

«Эта маленькая собачка убивает всех крыс и...

« Oh ! mon Dieu ! » s'écria Alice d'un ton triste

-- воскликнула Алиса печальным тоном

« J'ai peur de t'avoir encore offensé ! »

«Боюсь, я снова обидел тебя!»

La souris nageait loin d'elle aussi vite qu'elle le pouvait

Мышь уплыла от нее так быстро, как только могла

et la souris fit tout un vacarme dans la mare

А мышка устроила настоящий переполох в бассейне

Alors elle appela doucement la souris

Поэтому она тихо позвала мышку вслед

« Ma chère souris, s'il vous plaît, revenez ! »

«Моя дорогая мышка, пожалуйста, возвращайся!»

« Et nous ne parlerons pas des chats »

"И мы не будем говорить о кошках"

« Et nous n'avons pas non plus besoin de parler des chiens »

«И про собак нам тоже не приходится»

Quand la souris entendit cela, elle se retourna

Когда мышь услышала это, она обернулась

et la petite souris nagea lentement vers elle

И мышонок медленно подплыл к ней

Le visage de la souris était assez pâle

Мордочка мыши была довольно бледной

et la souris parla d'une voix basse et tremblante

И мышь заговорила низким, дрожащим голосом

« Allons à la rive »

«Давайте выйдем на берег»

« et ensuite je vous raconterai mon histoire »

"А потом я расскажу вам свою историю"

« et vous comprendrez pourquoi c'est moi qui déteste les

chats et les chiens »

«И ты поймешь, почему я ненавижу кошек и собак»

Il était grand temps de partir

Пришло время уезжать

parce que la piscine devenait assez bondée

Потому что бассейн становился довольно переполненным

D'autres oiseaux et animaux étaient tombés dans la mare

В бассейн упали другие птицы и звери

il y avait un Canard et un Dodo

там были Утка и Дронт

et il y avait un oiseau Lory et un aiglon

и там была птица Лори и орленок

et il y avait plusieurs autres créatures intéressantes

И было еще несколько интересных на вид существ

Alice a ouvert la voie à la sortie de la piscine

Алиса вела к выходу из бассейна

et toute la troupe des animaux nagea jusqu'au rivage

и вся группа зверей поплыла к берегу

Une course de caucus et une longue traîne

Гонка кокусов и длинный хвост

C'était en effet une bande d'animaux à l'allure amusante

Это действительно была забавно выглядящая кучка животных

et ils se rassemblèrent tous sur le bord de l'eau

и все они собрались на берегу воды

Les oiseaux avaient tous des plumes débraillées

У всех птиц были потрепанные перья

et les animaux à fourrure étaient trempés

и пушистые зверьки промокли насквозь

et tous étaient trempés, agacés et mal à l'aise

и все были мокрыми, раздраженными и неудобными

Il y avait une question à laquelle il fallait répondre en premier

Был один вопрос, на который нужно было ответить в первую очередь

Quelle est la meilleure façon pour tout le monde de se sécher ?

Как лучше всего высохнуть каждому?

Ils ont tenu une consultation à ce sujet

Они провели консультацию по этому поводу

Bientôt, ils furent tous en bons termes

Вскоре все они были в знакомых отношениях

C'était comme si elle les avait connus toute sa vie

Как будто она знала их всю свою жизнь

La souris semblait être une personne d'une certaine autorité

мышка казалась человеком с каким-то авторитетом

« Asseyez-vous, vous tous, et écoutez-moi !

«Садитесь, все вы, и слушайте меня!

« Je vais bientôt vous faire sécher à nouveau ! »

«Я скоро снова заставлю вас всех высохнуть!»

Ils s'assirent tous en même temps, dans un grand cercle

Они сели все сразу, в большой круг

et la petite souris s'assit au milieu

а мышонок сидел посередине

« Hum ! » dit la souris d'un air important

"Кхм!" - сказала мышка с важным видом

« Êtes-vous tous prêts ? »

— Вы все готовы?

« C'est la chose la plus sèche que je connaisse »

«Это самая сухая вещь, которую я знаю»

« Silence tout autour, s'il vous plaît ! »

— Тишина вокруг, если позволите!

« Guillaume le Conquérant était favorisé par le pape »

«Вильгельм Завоеватель пользовался благосклонностью Папы Римского»

« mais il fut bientôt soumis par les Anglais »

"но вскоре англичане подчинились ему"

« Ils voulaient des leaders ces derniers temps »

«В последнее время им нужны были лидеры»

« et ils avaient été habitués au pouvoir et à la conquête »

«И они привыкли к силе и завоеваниям»

« Edwin et Morcar, les comtes de Mercie et de Northumbrie »

"Эдвин и Моркар, графы Мерсии и Нортумбрии"

« Pouah ! » dit l'oiseau lori, avec un frisson

"Тьфу!" - сказала птица лори с дрожью

« et même Stigand, l'archevêque patriote de Cantorbéry »

"и даже Стиганд, патриотически настроенный архиепископ Кентерберийский"

« Il l'a également trouvé opportun »

«Он также счел это целесообразным»

« Qu'a-t-il trouvé à propos ? » dit le canard

"Что он счел целесообразным?" - спросила утка

— Il l'a trouvé opportun, répondit la souris d'un ton un peu contrarié

— Он счел это целесообразным, — довольно сердито ответила мышка

Mais le canard n'était pas satisfait

Но утка осталась недовольна

« Bien sûr, vous savez ce que 'it' signifie »

«Конечно, вы знаете, что означает «это»

« Je sais ce que c'est quand je trouve quelque chose », dit le canard

— Я понимаю, что это такое, когда нахожу что-нибудь, — сказала утка

« C'est généralement une grenouille ou un ver »

"это вообще лягушка или червь"

« La question est de savoir ce que l'archevêque a trouvé ?

«Вопрос в том, что нашел архиепископ?»

La souris n'a pas remarqué cette question

Мышка не заметила этого вопроса

Au lieu de cela, la souris continua précipitamment son discours

Вместо этого мышка поспешно продолжила речь

« il a jugé opportun d'aller avec Edgar Atheling »

«Он счел целесообразным поехать с Эдгаром Ателингом»

« pour rencontrer Guillaume et lui offrir la couronne »

«встретиться с Вильгельмом и предложить ему корону»

la souris continua, se tournant vers Alice pendant qu'elle parlait

— продолжила мышь, поворачиваясь к Алисе

« Comment allez-vous maintenant, ma chère ? »

— Как ты поживаешь, моя дорогая?

– Aussi mouillée que jamais, dit Alice d'un ton mélancolique

-- Мокрая, как всегда, -- сказала Алиса меланхоличным тоном

« Cette histoire n'a pas l'air de me tarir du tout »

«Эта история, кажется, меня совсем не сушит»

— Dans ce cas, dit solennellement le dodo en se levant

— В таком случае, — торжественно сказал дронт, поднимаясь на ноги

« Je vote pour l'ajournement de la séance »

«Я голосую за то, чтобы заседание было закрыто»

« et je propose l'adoption immédiate de remèdes plus énergiques »

«и я предлагаю немедленно принять более энергичные меры»

« Dis des paroles vraies ! » dit l'aiglon

"Говори настоящие слова!" - сказал орленок

« Je ne connais pas le sens de la moitié de ces longs mots »

«Я не знаю значения половины этих длинных слов»

et, qui plus est, je ne crois pas que vous le sachiez non plus !

— И, более того, я не верю, что вы тоже знаете!

— Ce que j'allais dire, dit le dodo d'un ton offensé

— Что я собирался сказать, — сказал дронт обиженным тоном

« La meilleure chose à faire pour nous sécher serait une course au caucus »

«Лучшее, что можно было бы сделать для того, чтобы мы выдохлись, — это предвыборное собрание»

« Qu'est-ce qu'une course de caucus ? » demanda Alice

"Что такое партийная гонка?" - спросила Алиса

« Eh bien, » dit le dodo, « la meilleure façon de l'expliquer,
c'est de le faire »

«Ну, — сказал дронт, — лучший способ объяснить это —
сделать это».

« D'abord, le dodo a tracé un parcours »

«Сначала дронт наметил ипподром»

« La piste était dans une sorte de cercle »

«Трасса была в каком-то круге»

« Et puis tout le groupe a été placé le long du parcours »

"А потом вся партия была расставлена по курсу"

Il n'y avait pas de « Un, deux, trois et c'est parti ! »

Не было никакого «Раз, два, три и прочь!»

Mais ils ont commencé à courir quand ils voulaient

Но они начинали бегать, когда им нравилось

et ils finissaient aussi quand ils le voulaient

И они тоже заканчивали, когда им нравилось

Il n'était donc pas facile de savoir quand la course était
terminée

Поэтому было нелегко понять, когда гонка закончилась

Après environ une demi-heure de course, ils étaient tous

assez secs

Через полчаса или около того бега все они были совершенно сухими

le dodo s'écria soudain : « La course est finie ! »

дронт вдруг закричал: «Гонка окончена!»

Et ils se pressèrent tous autour du Dodo

И все они столпились вокруг дронта

Tous les animaux haletaient et soufflaient

Все животные тяжело дышали и пыхтели

et tous voulaient savoir : « Mais qui a gagné ? »

и все они хотели знать: «Но кто же победил?»

Le dodo ne pouvait pas répondre immédiatement à cette question

На этот вопрос дронт не смог сразу ответить

D'abord, il a dû beaucoup réfléchir

Сначала ему пришлось много думать

Après mûre réflexion, le dodo finit par parler

После долгих раздумий дронт наконец заговорил

« Tout le monde a gagné, et tous doivent avoir des prix »

«Все выиграли, и у всех должны быть призы»

« Mais qui doit donner les prix ? » demanda un chœur de voix

«Но кто же будет вручать призы?» — спросил хор голосов

— Eh bien, elle, bien sûr, dit le dodo

— Ну, конечно, она, — сказал дронт

et le dodo pointa d'un doigt vers Alice

и дронт указал одним пальцем на Алису

et toute la troupe des animaux se pressait autour d'elle

и вся компания животных столпилась вокруг нее

ils ont crié, d'une manière confuse : « Des prix ! Des prix !

они смущенно кричали: «Призы! Призы!»

Alice n'avait aucune idée de ce qu'elle devait faire

Алиса понятия не имела, что делать

Désespérée, elle mit la main dans sa poche

В отчаянии она сунула руку в карман

Et elle en sortit une boîte de bonbons

И она вытащила коробку со сладостями

Heureusement, l'eau salée n'était pas entrée dans la boîte

К счастью, соленая вода не попала в ящик

et elle a distribué les bonbons comme prix

И она раздавала сладости в качестве призов

Il y avait exactement une pièce pour tout le monde

Там была ровно одна штука на каждого

La prochaine chose qu'ils devaient faire était de manger les bonbons

Следующее, что им нужно было сделать, это съесть сладости

Cela a causé du bruit et de la confusion

Это вызвало некоторый шум и неразбериху

Les grands oiseaux se plaignaient de ne pas pouvoir goûter leurs bonbons

Большие птицы жаловались, что не могут попробовать свои сладости

Les petits s'étouffaient et devaient être tapotés dans le dos

Маленькие задыхались, и их приходилось гладить по спине

Cependant, c'était enfin fini

Однако в конце концов все было кончено

Et ils se rassirent en cercle

и они снова сели в кольцо

et ils supplièrent la souris de leur dire quelque chose de plus

И они умоляли мышку рассказать им что-нибудь еще

— Vous m'avez promis de me raconter votre histoire, vous savez, dit Alice

— Знаешь, ты обещал рассказать мне свою историю, — сказала Алиса

et elle fit une autre petite remarque sur les chats à voix basse

И она шепотом сделала еще одно маленькое замечание о кошках

Elle ne voulait pas offenser à nouveau la souris

Она не хотела лишний раз обижать мышку

la petite souris se tourna vers Alice et soupira

мышонок повернулся к Алисе и вздохнул

« Ma conte est long et triste ! »

«Моя история длинная и грустная!»

— C'est une longue queue, certainement, dit Alice

- Конечно, это длинный хвост, - сказала Алиса

et elle baissa les yeux avec étonnement sur la queue de la souris

И она с удивлением посмотрела вниз на хвост мыши

« Mais pourquoi appelez-vous cela une queue triste ? »

— Но почему ты называешь это грустным хвостом?

Et elle n'arrêtait pas de s'interroger à ce sujet pendant que la souris parlait

И она продолжала ломать голову, пока мышь говорила

de sorte que son idée de l'histoire était quelque chose comme ceci

так что ее представление о сказке было примерно таким

> "Fury said to
> a mouse, That
> he met in the
> house, 'Let
> us both go
> to law: I
> will prosecute
> you.—
> Come, I'll
> take no denial:
> We must have
> the trial;
> For really
> this morning
> I've
> nothing
> to do.'
> Said the
> mouse to
> the cur,
> 'Such a
> trial, dear
> sir, With
> no jury
> or judge,
> would
> be wasting
> our
> breath.'
> 'I'll be
> judge,
> I'll be
> jury,'
> said
> cunning
> old
> Fury;
> 'I'll
> try
> the
> whole
> cause,
> and
> condemn
> you to
> death.'"

Fury dit à une souris : Qu'il s'est rencontré dans la maison.

Фьюри сказал мыши, Что он встретил в доме.

Allons tous les deux en justice, je vous poursuivrai

Давайте оба обратимся в суд: я буду преследовать вас в судебном порядке

Allons, je n'accepterai aucun démenti : il faut que nous fassions l'épreuve

Пойдемте, я не стану отрицать: мы должны провести суд

Car vraiment ce matin je n'ai rien à faire

На самом деле сегодня утром мне нечего делать

Dit la souris au maudit ;

— сказала мышь собаке.

Un tel procès, cher monsieur, sans jury ni juge, nous ferait perdre notre souffle

Такой процесс, дорогой государь, без присяжных и судьи был бы пустой тратой нашего дыхания

« Je serai juge, je serai jury », dit le vieux rusé Fury

— Я буду судьей, я буду присяжным, — сказал хитрый старый Фьюри

Je vais juger toute la cause, et je vous condamnerai à mort

Я испробую все дело и обречу тебя на смерть

la souris parla sévèrement à Alice

мышка строго разговаривала с Алисой

« Tu ne fais pas attention ! »

«Ты не обращаешь внимания!»

« À quoi pensez-vous ? »

— О чем ты думаешь?

— Je vous demande pardon, dit Alice très humblement

- Прошу прощения, - сказала Алиса очень смиренно

« Tu étais arrivé au cinquième virage, je crois ? »

— Кажется, ты добрался до пятого поворота?

« Vous m'insultez en disant de telles bêtises ! »

— Ты оскорбляешь меня, говоря такую чепуху!

Et la souris se leva et s'éloigna

и мышка встала и пошла прочь

Alice appela la petite souris

— крикнула Алиса вслед мышонку

« S'il vous plaît, revenez et terminez votre histoire ! »

«Пожалуйста, вернись и закончи свой рассказ!»

Et les autres se joignirent tous en chœur

И все остальные присоединились хором

« Oui, s'il vous plaît, terminez votre histoire ! »

«Да, пожалуйста, закончите свой рассказ!»

Mais la souris se contenta de secouer la tête avec impatience

Но мышка лишь нетерпеливо покачала головой

et la petite souris marchait un peu plus vite

И мышонок пошел немного быстрее

« Je voudrais bien avoir Dinah, notre chat, ici ! » dit Alice

"Как бы мне хотелось, чтобы Дина, наша кошка, была здесь!" - сказала Алиса

Cela provoqua une sensation remarquable parmi le parti

Это вызвало замечательную сенсацию среди партии

Quelques-uns des oiseaux se hâtèrent de s'éloigner

Некоторые из птиц сразу же улетели

et un canari appela d'une voix tremblante ses enfants ;

и канарейка дрожащим голосом кричала своим детям;

« Allez-vous-en, mes chères ! »

— Уходите, мои дорогие!

« Il est grand temps que vous soyez tous au lit ! »

— Вам давно пора ложиться в постель!

Avec diverses excuses, ils sont tous partis

Под разными предлогами они все ушли

et Alice se retrouva bientôt seule

и вскоре Алиса осталась одна

« J'aurais aimé ne pas avoir mentionné Dinah ! »

— Лучше бы я не упоминал Дину!

« Personne n'a l'air de l'aimer ici »

«Кажется, она никому не нравится здесь, внизу»

« Mais je suis sûr que c'est la meilleure chatte du monde ! »

— Но я уверена, что она самая лучшая кошка на свете!

La pauvre Alice se remit à pleurer

Бедная Алиса снова заплакала

parce qu'elle se sentait très seule et déprimée

потому что она чувствовала себя очень одинокой и

подавленной
**Au bout de peu de temps, cependant, elle entendit de
nouveau quelque chose**
Однако через некоторое время она снова что-то услышала
un petit bruit de pas au loin
легкий топот шагов вдалеке
et elle leva les yeux avec impatience
И она нетерпеливо подняла глаза

Le lapin envoie le petit M. Bill
Кролик посылает маленького мистера Билла

C'était le lapin blanc, qui revenait lentement au trot

Это был белый кролик, который медленно рысью бежал назад

Il regardait anxieusement autour de lui en chemin

Он с тревогой оглядывался по сторонам

Il avait l'air d'avoir perdu quelque chose

Он выглядел так, как будто что-то потерял

Alice l'entendit marmonner pour lui-même

Алиса слышала, как он бормочет себе под нос

— La duchesse ! La Duchesse ! Oh, mes chères pattes !

— Герцогиня! Герцогиня! О, мои милые лапы!

« Oh, ma fourrure et mes moustaches ! »

— О, мой мех и усы!

« Elle va me faire exécuter, j'en suis sûr »

«Она добьется казни меня, я в этом уверен»

« Aussi sûr que les furets sont des furets ! »

«Так же точно, как хорьки есть хорьки!»

« Où ai-je pu laisser tomber mes affaires, je me demande ? »

— Интересно, куда я мог бросить свои вещи?

Alice devina en un instant ce qu'il cherchait

Алиса мгновенно догадалась, что он ищет

Il cherchait l'éventail de plumes

Он искал веер из перьев

et il cherchait la paire de gants blancs

И он искал пару белых перчаток

Elle se mit donc très gentiment à chercher les gants

Поэтому она очень добродушно стала искать перчатки

Et elle chercha aussi l'éventail de plumes

И она тоже искала веер из перьев

Mais les gants et l'éventail de plumes étaient introuvables

Но перчаток и веера из перьев нигде не было видно

Tout semblait avoir changé depuis sa baignade dans la piscine

Казалось, все изменилось с тех пор, как она плавала в бассейне

Rien n'était pareil depuis qu'elle était dans la grande salle

Ничто не было прежним с тех пор, как она была в Большом зале

et la table de verre avait disparu

и стеклянный стол исчез

Et la petite porte n'était pas là non plus

И маленькой дверцы там тоже не было

Très vite, le lapin remarqua Alice

Очень скоро крольчиха заметила Алису

Il l'appela d'un ton furieux

Он окликнул ее сердитым тоном

« Mary Ann, que fais-tu ici ? »

— Мэри Энн, что ты здесь делаешь?

« Rentre chez toi à l'instant même »

«Беги домой сейчас же»

« Et apporte-moi une paire de gants et un éventail de plumes ! »

— И принеси мне пару перчаток и веер из перьев!

« Et faites vite ! »

— И поторопись!

Alice se parlait à elle-même en s'enfuyant

Алиса говорила сама с собой, убегая

— Il a dû me prendre pour sa femme de chambre !

— Должно быть, он принял меня за свою горничную!

« Comme il sera surpris quand il découvrira qui je suis ! »

«Как он удивится, когда узнает, кто я!»

En disant cela, elle tomba sur une petite maison soignée

Сказав это, она наткнулась на аккуратный домик

Sur la porte de la maison se trouvait une plaque de laiton brillant

На двери дома висела яркая медная табличка

« W. LAPIN »

"У. КРОЛИК"

Elle entra sans frapper à la porte

Она вошла, не постучав в дверь

et elle se hâta de monter l'escalier

и она поспешила прямо наверх

elle craignait de rencontrer la vraie Mary Ann

она беспокоилась, что может встретить настоящую Мэри Энн

parce qu'alors elle serait chassée de la maison

потому что тогда ее выгнали бы из дома

et elle ne pourrait pas trouver l'éventail de plumes et les gants

И она не смогла бы найти веер из перьев и перчатки

Alice s'était frayé un chemin dans une petite pièce bien rangée

Алиса пробралась в маленькую аккуратную комнату

Dans la pièce, il y avait une table près de la fenêtre

В комнате стоял столик у окна

et sur la table, il y avait un éventail de plumes

а на столе стоял веер из перьев

et il y avait deux ou trois paires de petits gants blancs

и там было две или три пары крошечных белых перчаток

Elle ramassa l'éventail en plumes et une paire de gants

Она взяла веер из перьев и пару перчаток

et elle allait quitter la pièce

И она как раз собиралась выйти из комнаты

mais alors ses yeux tombèrent sur une petite bouteille

но тут ее взгляд упал на маленькую бутылочку

Elle déboucha la bouteille et la porta à ses lèvres

Она откупорила бутылку и поднесла ее к губам

« J'espère que cela me fera redevenir grand »

«Я очень надеюсь, что это заставит меня снова вырасти»

« J'en ai marre d'être une toute petite chose ! »

«Я устал быть таким крошечным существом!»

Alice avait à peine bu la moitié de la bouteille

Алиса едва выпила половину бутылки

Sa tête était déjà appuyée contre le plafond

Ее голова уже прижималась к потолку

et elle dut se baisser

И ей пришлось нагнуться

pour sauver son cou d'être brisé

чтобы спасти ее шею от перелома

Elle posa précipitamment la bouteille

Она поспешно поставила бутылку

« C'est bien assez »

«Этого вполне достаточно»

« J'espère que je ne grandirai plus »

«Надеюсь, я больше не вырасту»

Hélas! Il était trop tard pour souhaiter cela !

Увы! Было уже поздно желать этого!

Elle n'a cessé de grandir

Она продолжала расти и расти

et très vite elle dut s'agenouiller sur le sol

И очень скоро ей пришлось встать на колени на пол

Et même alors, elle a continué à grandir

И даже тогда она продолжала расти

Comme dernière ressource, elle passa un bras par la fenêtre

В качестве последнего средства она высунула одну руку из окна

et elle mit un pied dans la cheminée

И она поставила одну ногу в дымоход

« Maintenant, je ne peux plus faire, quoi qu'il arrive »

«Теперь я больше ничего не могу сделать, что бы ни случилось»

« Que vais-je devenir ? »

— Что со мной будет?

Alice a eu un peu de chance

Алисе повезло

La petite bouteille magique avait fait son plein effet

Маленькая волшебная бутылочка произвела полный эффект

et Alice ne grandit pas plus qu'elle n'était

и Алиса не стала больше своей

Au bout de quelques minutes, elle entendit une voix à l'extérieur

Через несколько минут она услышала голос снаружи

et elle s'arrêta pour écouter la voix

И она остановилась, чтобы прислушаться к голосу

« Mary Ann ! Mary Ann ! dit la voix

— Мэри Энн! Мэри Энн!» — произнес голос

« Apporte-moi mes gants tout de suite ! »

— Принеси мне мои перчатки прямо сейчас!

Puis vint un petit claquement de pieds dans l'escalier

Затем послышался легкий топот ног по лестнице

Alice savait que c'était le lapin qui venait la chercher

Алиса знала, что это был кролик, пришедший искать ее

et elle trembla jusqu'à faire trembler la maison

и она дрожала до тех пор, пока дом не содрогнулся

elle oublia tout à fait quelles étaient ses proportions

Она совершенно забыла, какие у нее были пропорции

Elle était mille fois plus grosse que le lapin

Она была в тысячу раз больше кролика

et elle n'avait aucune raison d'avoir peur d'un lapin

И у нее не было причин бояться кролика

Bientôt le lapin s'approcha de la porte

Вскоре кролик подошел к двери

et le petit lapin essaya d'ouvrir la porte

И крольчиха попыталась открыть дверцу

La porte a commencé à s'ouvrir vers l'intérieur

Дверь начала открываться внутрь

mais le coude d'Alice était fortement appuyé contre la porte

но локоть Алисы был сильно прижат к двери

Cette tentative s'est avérée un échec

Эта попытка оказалась неудачной

Alice entendit le lapin se parler à lui-même

Алиса слышала, как кролик разговаривал сам с собой

« Ensuite, je vais faire le tour et entrer par la fenêtre »

«Потом я обойду и войду через окно»

« Que tu ne le feras pas ! » pensa Alice

"Что ты не будешь!" - подумала Алиса

Et elle attendit encore un peu

И она снова немного подождала

Bientôt, elle entendit le lapin juste sous la fenêtre

Вскоре она услышала крик кролика прямо под окном

Elle étendit soudain la main

Она вдруг протянула руку

et elle fit une prise en l'air

и она сделала рывок в воздухе

Elle n'a rien attrapé

Она ничего не доставала

mais elle entendit un petit cri et une chute

но она услышала небольшой крик и падение

et elle entendit un fracas de verre brisé

и она услышала звон битого стекла

Peut-être le lapin était-il tombé

Возможно, кролик упал

Peut-être était-il dans une serre

может быть, он был в теплице

Puis vint une voix en colère ; La voix du lapin

Затем раздался сердитый голос; Голос кролика

« Pat, où es-tu ? »

— Пэт, где ты?

Et puis vint une voix qu'elle n'avait jamais entendue auparavant

А затем раздался голос, которого она никогда раньше не слышала

« Votre honneur, je suis là ! »

— Ваша честь, я здесь!

« Je creuse pour trouver des pommes »

«Я копаюсь в поисках яблок»

« Ici ! Venez m'aider à m'en sortir !

— Вот! Приди и помоги мне выбраться отсюда!

« Maintenant, dis-moi, Pat, qu'est-ce qu'il y a dans la fenêtre ? »

— А теперь скажи мне, Пэт, что это в окне?

« Bien sûr, Votre Honneur, je vais vous le dire »

«Конечно, ваша честь, я вам скажу»

« C'est un bras qui est dans la fenêtre ! »

«Это рука, которая в окне!»

« Eh bien, un bras n'a rien à faire là-bas »

«Ну, руке там не до чего»

« Va et enlève le bras ! »

«Иди и убери руку!»

Il y eut un long silence après cela

После этого наступило долгое молчание

et Alice n'entendait que des chuchotements de temps en temps

и Алиса слышала только шепот время от времени

et enfin elle étendit de nouveau la main

и наконец она снова протянула руку

et elle fit une autre arrachée dans les airs

И она сделала еще один рывок в воздухе

Cette fois, il y eut deux petits cris

На этот раз раздались два маленьких крика

et il y avait d'autres bruits de verre brisé

и снова послышались звуки битого стекла

« Je me demande ce qu'ils vont faire ensuite ! » pensa Alice

"Интересно, что они будут делать дальше!" - подумала Алиса

« J'aimerais qu'ils me tirent par la fenêtre »

«Хотелось бы, чтобы меня вытащили из окна»

Elle attendit un certain temps

Она подождала некоторое время

Mais pendant un moment, elle n'entendit plus rien

Но какое-то время она больше ничего не слышала

Enfin, il y eut un grondement de petites roues

Наконец послышался грохот маленьких колес

et il y eut le son d'un bon nombre de voix

и послышались голоса множества

Toutes les voix parlaient ensemble

Все голоса переговаривались друг с другом

Elle pouvait distinguer certaines des paroles

Она могла разобрать некоторые слова

« Où est l'autre échelle ? »

— А где другая лестница?

« Bill a l'autre échelle »

«У Билла другая лестница»

« Bill, viens ici ! »

— Билл, иди сюда!

« Le toit va-t-il supporter le fardeau ? »

«Выдержит ли крыша нагрузку?»

« Qui veut descendre par la cheminée ? »

«Кто хочет спуститься в дымоход?»

— Non, je ne le ferai pas ! Vous le faites !

— Нет, не буду! Ты сделай это!»

« Tiens, Bill ! »

— Вот, Билл!

« Le maître dit qu'il faut descendre par la cheminée ! »

— Хозяин говорит, что тебе нужно спуститься по дымоходу!

Alice descendit son pied aussi loin qu'elle le put dans la cheminée

Алиса протащила ногу как можно дальше по дымоходу

Et puis elle attendit de voir ce qui allait arriver

А затем она стала ждать, что произойдет

Elle entendit un petit animal gratter et se débattre

Она услышала, как маленький зверек царапает и карабкается

Le petit animal doit être dans la cheminée

Зверек обязательно должен находиться в дымоходе

Puis elle donna un coup de pied sec

Тогда она дала один резкий пинок

et elle attendit de voir ce qui allait se passer ensuite

И она ждала, что будет дальше

Elle entendit un chœur général de voix

Она услышала общий хор голосов

« Voilà Bill ! » dirent-ils tous

«Вот и Билл!» — сказали они все

Puis elle entendit la voix du lapin seule

Потом она услышала только голос кролика

« Toi par la haie, attrape-le ! »

— Ты у изгороди, поймай его!

Il y eut un autre moment de silence

Последовала еще одна минута молчания

Et puis il y eut une autre confusion de voix

И тут снова послышалось смешение голосов

« Lève la tête, Brandy »

«Держи его голову, Бренди»

« Attention à ne pas l'étouffer »

«Будь осторожен, чтобы не задушить его»

« Qu'est-ce qui t'est arrivé ? »

— Что с тобой случилось?

Enfin, une petite voix faible et grinçante est apparue

Последним послышался слабый, скрипучий голос

« Eh bien, je n'en sais presque pas plus »

«Ну, я вряд ли знаю больше»

« merci à tous, je vais mieux maintenant »

«Спасибо вам всем, мне теперь лучше»

« il y a une chose dont je peux me souvenir »

"Есть одна вещь, которую я могу вспомнить"

**« Quelque chose vient à moi comme un train dans un
tunnel »**

«Что-то настигает меня, как поезд в тоннеле»

« Et je vole comme une fusée ! »

«И я лечу вверх, как небесная ракета!»

Il y eut une minute ou deux de silence

Повисла минута или две молчания

puis ils ont recommencé à se déplacer

А затем они снова начали двигаться

et Alice entendit de nouveau le Lapin parler

и Алиса снова услышала голос Кролика

« Une brouette fera l'affaire, pour commencer »

«Для начала подойдет целый курган»

« Une brouette pleine de quoi ? » pensa Alice

"Куча чего?" - подумала Алиса

Mais elle ne fut pas tenue en suspens longtemps

Но ее недолго держали в напряжении

Une pluie de petits cailloux est passée par la fenêtre

В окно хлынул дождь из мелкой гальки

et quelques petits cailloux l'ont frappée au visage

и несколько маленьких камешков попали ей в лицо

Alice fut surprise par les petits cailloux

Алиса удивилась маленьким камешкам

Tous les petits cailloux se transformaient en gâteaux

Все камешки превращались в пирожные

et une idée lumineuse lui vint à l'esprit

И в голову ей пришла светлая идея

« Je devrais manger un de ces gâteaux »

«Я должен съесть один из этих пирожных»

« Le gâteau ne manquera pas de faire changer ma taille »

"Торт обязательно немного изменит мой размер"

Alors elle a avalé l'un des gâteaux

Поэтому она проглотила один из пирожных

et elle fut ravie de constater qu'elle commençait à rétrécir

И она была рада обнаружить, что начала уменьшаться

Bientôt, elle fut assez petite pour franchir la porte

Вскоре она стала достаточно маленькой, чтобы пройти через дверь

Elle s'est enfuie de la maison

Она выбежала из дома

Une foule de petits animaux et d'oiseaux attendaient dehors

Снаружи ждала толпа зверьков и птичек

tous les petits oiseaux et les petits animaux se précipitèrent sur Alice

все птички и зверьки бросились на Алису

Mais elle s'enfuit aussi vite qu'elle le put

Но она убежала так быстро, как только могла

et bientôt elle se trouva en sécurité dans un bois épais

И вскоре она оказалась в безопасности в густом лесу

Alice errait dans les bois

Алиса бродила по лесу

Et elle pensa en elle-même :

И она подумала про себя:

« Je sais ce que je dois faire en premier »

«Я знаю, что мне нужно сделать в первую очередь»

« Je dois d'abord grandir à ma bonne taille »

«Сначала мне нужно снова вырасти до нужного размера»

« et puis je dois trouver mon chemin dans ce joli jardin »

«И тогда мне нужно найти дорогу в этот прекрасный сад»

« Je suppose que je devrais manger ou boire quelque chose ou autre »

«Полагаю, мне следует есть или пить что-то или что-то еще»

« Mais la question est de savoir ce que je dois manger ou boire ? »

— Но вопрос в том, что мне есть или пить?

Alice regarda tout autour d'elle les fleurs

Алиса смотрела вокруг себя на цветы

et elle regarda à travers les brins d'herbe

и она смотрела сквозь травинки

mais elle ne voyait rien à manger ni à boire

но она не видела ничего, что можно было бы есть или пить

Rien ne semblait être la bonne chose à manger ou à boire

Ничто не выглядело правильным для еды или питья

Il y avait un gros champignon qui poussait près d'elle

Рядом с ней рос большой гриб

le champignon était à peu près de la même taille qu'Alice

гриб был примерно такой же высоты, как Алиса

Elle s'étira sur la pointe des pieds

Она вытянулась на цыпочках

Et elle jeta un coup d'œil par-dessus le bord du champignon

И она выглянула из-за края гриба

Ses yeux rencontrèrent immédiatement les yeux d'une grande chenille bleue

Ее глаза тут же встретились с глазами большой голубой гусеницы

La chenille était assise sur le sommet du champignon

Гусеница сидела на верхушке гриба

et la chenille avait croisé tous ses bras

и гусеница скрестила все его руки

et il fumait tranquillement un long narguilé

А он спокойно курил длинный кальян

et il ne faisait pas la moindre attention à rien

и он ни на что не обращал ни малейшего внимания

et il n'a certainement pas fait attention à Alice

и уж точно не обратил внимания на Алису

Les conseils d'une chenille

Советы от гусеницы

Finalement, la chenille a retiré le narguilé de sa bouche

Наконец гусеница вынула кальян изо рта

et il s'adressa à Alice d'une voix languissante et endormie

и он обратился к Алисе томным, сонным голосом

« Qui es-tu ? » demanda la chenille

"Кто ты?" - спросила гусеница

Alice a répondu, plutôt timidement : « Je sais à peine, monsieur. »

Алиса ответила довольно застенчиво: "Я не знаю, сэр"

« Juste pour le moment, c'est un peu... »

«Просто на данный момент все это немного...»

« Je sais qui j'étais quand je me suis levé ce matin" »

«Я знаю, кем я был, когда встал сегодня утром».

« mais je pense que j'ai dû changer plusieurs fois depuis »

— Но я думаю, что с тех пор я изменился несколько раз.

« Qu'est-ce que tu veux dire par là ? » dit la chenille

"Что ты хочешь этим сказать?" - спросила гусеница

sévèrement, la chenille lui demanda de s'expliquer

Гусеница строго попросила ее объясниться

— Je ne peux pas m'expliquer, j'en ai peur, monsieur, dit Alice

- Боюсь, я не могу объясниться, сэр, - сказала Алиса

« parce que je ne suis pas moi-même »

"потому что я не в себе"

« Vous voyez, être de tant de tailles différentes en une journée, c'est très déroutant »

«Видите ли, быть таким разным размером в один день очень сбивает с толку»

Elle se redressa et dit très gravement :

Она взяла себя в руки и сказала очень серьезно:

« Je pense que tu devrais me dire qui tu es, en premier »

«Я думаю, ты должен сначала сказать мне, кто ты»

« Pourquoi ? » demanda la chenille

"Почему?" - спросила гусеница

Alice ne voyait aucune bonne raison

Алиса не могла придумать ни одной веской причины

et la chenille semblait être dans un état d'esprit très désagréable

И гусеница, казалось, была в очень неприятном душевном состоянии

alors elle s'en retourna

Поэтому она отвернулась

« Reviens ! » la chenille l'appela

"Возвращайся!" - крикнула ей вслед гусеница

« J'ai quelque chose d'important à dire ! »

«Я хочу сказать кое-что важное!»

Alice se retourna et revint

Алиса повернулась и вернулась снова

« Garde ton sang-froid », dit la chenille

— Не теряй самообладания, — сказала гусеница

— C'est tout ? dit Alice

"И это все?" - спросила Алиса

Et elle ravala sa colère de son mieux

И она проглотила свой гнев так хорошо, как только могла

« Non, » dit la chenille

— Нет, — ответила гусеница

La chenille déplia ses bras

Гусеница развернула руки

Et il retira le narguilé de sa bouche

и он снова вынул кальян изо рта

et il a dit : « Vous pensez donc que vous avez changé, n'est-ce pas ? »

И он сказал: «Так ты думаешь, что изменился, не так ли?»

— J'ai peur, je suis changée, monsieur, dit Alice

- Боюсь, я изменилась, сэр, - сказала Алиса

« Je ne me souviens plus des choses comme je m'en souvenais »

«Я не могу помнить вещи так, как я их помнил»

« et je ne reste pas plus de dix minutes de la même taille ! »

«И я не остаюсь одного и того же размера больше десяти минут!»

« Quelle taille veux-tu faire ? » demanda la chenille

«Какого размера ты хочешь быть?» — спросила гусеница

— Oh, ma taille ne me dérange pas particulièrement, répondit vivement Alice

— О, мне все равно, какого я размера, — поспешно ответила Алиса

« Je n'aime pas changer de taille si souvent, vous savez »

«Я просто не люблю так часто менять размер, знаешь ли»

« J'aimerais être un peu plus grand, monsieur »

«Я хотел бы быть немного больше, сэр»

— Si cela ne vous dérange pas, ajouta Alice

-- Если бы вы не возражали, -- добавила Алиса

« Dix centimètres, c'est une taille si misérable »

«Десять сантиметров — это такая жалкая высота»

« C'est une très bonne hauteur en effet ! » dit la chenille avec colère

"Это действительно очень хорошая высота!" - сердито сказала гусеница

et il se redressa tout en parlant

и он выпрямился, когда говорил

Il mesurait exactement dix centimètres de haut

Он был ровно десять сантиметров в высоту

Au bout d'une minute ou deux, la chenille s'est détachée du champignon

Через минуту-другую гусеница слезла с гриба

et il s'enfonça en rampant dans l'herbe

И он уполз в траву

En s'éloignant, il fit quelques petites remarques

Уходя, он сделал несколько небольших замечаний

« Un côté vous fera grandir »

«С одной стороны ты станешь выше»

« Et l'autre côté te fera rapetisser »

"А другая сторона заставит тебя стать ниже"

« Un côté de quoi ? » pensa Alice en elle-même

"Одна сторона чего?" - подумала про себя Алиса

« L'autre côté de quoi ? »

— Другая сторона чего?

« Le côté du champignon », dit la chenille

— Сторона гриба, — сказала гусеница

C'était comme si elle avait posé sa question à haute voix

Как будто она задала свой вопрос вслух

et un instant plus tard, il fut hors de vue

А через мгновение он скрылся из виду

Alice resta pensivement à regarder le champignon

Алиса осталась задумчиво смотреть на гриб

Elle essayait de distinguer quels étaient les deux côtés du champignon

Она пыталась разобрать, какие именно две стороны гриба

Enfin, elle étendit ses bras autour du champignon

Наконец она обхватила гриб руками

Et elle cassa un peu les bords

и она немного отломила края

« Et maintenant, de quel côté est-ce ? » se dit-elle

«А теперь, какая сторона к чему?» — сказала она себе

et elle grignota un peu du mors de la main droite

И она откусила немного правой части

L'instant d'après, elle sentit un violent coup sous son menton

В следующее мгновение она почувствовала сильный удар под подбородком

Son menton avait heurté son pied !

Ее подбородок ударился о ногу!

Elle fut bien effrayée par ce changement très soudain

Она была очень напугана этой внезапной переменой

Elle rétrécissait très rapidement

Она очень быстро уменьшалась

Alors elle a rapidement mangé un peu de l'autre morceau de champignon

Поэтому она быстро съела еще немного грибов

Son menton était très serré contre son pied

Ее подбородок был очень плотно прижат к ноге

Il y avait à peine de la place pour ouvrir la bouche

Едва ли было место, чтобы открыть рот

mais elle parvint enfin à ouvrir la bouche

Но в конце концов ей удалось открыть рот

et elle avala un morceau du mors de la main gauche

И она проглотила кусочек левого удила

« Ma tête a enfin été libérée ! » dit Alice

"Наконец-то моя голова освободилась!" - сказала Алиса

Elle baissa les yeux sur elle-même

Она посмотрела на себя сверху вниз

mais tout ce qu'elle pouvait voir, c'était une immense longueur de cou

но все, что она могла видеть, это огромная длинная шея

Son cou semblait se dresser comme une tige

Ее шея, казалось, поднималась вверх, как стебель

et elle baissa les yeux sur une mer de feuilles vertes

и она посмотрела вниз на море зеленых листьев

« Où sont passées mes épaules ? »

«Куда дошли мои плечи?»

« Et oh, mes pauvres mains, comment se fait-il que je ne puisse pas vous voir ? »

— И о, мои бедные руки, как это я вас не вижу?

Mais son cou avait un avantage

Но у ее шеи было одно преимущество

Elle pouvait bouger la tête dans n'importe quelle direction

Она могла поворачивать головой в любом направлении

En fait, elle était comme un serpent

На самом деле, она была просто как змея

Elle zigzague gracieusement, la tête baissée

Она грациозно зигзагообразно опустила голову вниз

et elle remua la tête à travers les arbres

и она двигала головой между деревьями

Mais elle entendit alors un sifflement aigu

Но тут она услышала резкое шипение

Et elle tira rapidement la tête en arrière

И она быстро откинула голову назад

Un gros pigeon lui avait volé au visage

Большой голубь влетел ей в лицо

et le pigeon était violemment avec ses ailes

и голубь яростно держал крылья свои

« Serpent ! » cria le pigeon

"Змей!" - закричал голубь

« Je ne suis pas un serpent ! » dit Alice avec indignation

-- Я не змея, -- возмутилась Алиса

« Laisse-moi tranquille ! »

— Оставь меня в покое!

« J'ai essayé les racines des arbres »

«Я пробовал корни деревьев»

— Et j'ai essayé des haies, continua le pigeon

— А я пробовал живые изгороди, — продолжал голубь

« Mais ces serpents ! Il n'y a pas moyen de leur plaire !

— Но эти змеи! Им не угодишь!»

Alice était de plus en plus perplexe

Алиса все больше и больше недоумевала

« Comme si ce n'était pas assez compliqué de faire éclore les œufs », a déclaré le pigeon

— Как будто не хватило хлопот с высиживанием яиц, — сказал голубь

« Nuit et jour, je dois aussi faire attention aux serpents ! »

«Ночью и днем я должен остерегаться змей!»

« Je venais de trouver l'arbre le plus haut de la forêt »

«Я только что нашел самое высокое дерево в лесу»

« Je serais sûrement libre des serpents ici ? »

— Конечно, я был бы свободен от змей здесь?

« Et un serpent sort du ciel ! »

«И выходит змей с неба!»

« Mais je ne suis pas un serpent, je vous le dis ! » dit Alice

- Но я же не змея, скажу я вам, - сказала Алиса

"Je suis un... Je suis un... Je suis une petite fille, ajouta-t-elle d'un air un peu dubitatif

«Я... Я... Я маленькая девочка, — добавила она с некоторым сомнением

Après tout, elle avait traversé beaucoup de changements

В конце концов, она пережила много перемен

« Tu cherches des œufs », dit le pigeon

«Ты ищешь яйца», — сказал голубь

« Je le sais pertinemment »

«Я знаю это наверняка»
« Et qu'importe que vous soyez une petite fille ou un serpent ? »
«И какая разница, маленькая ты девочка или змейка?»
— Cela m'importe beaucoup, dit Alice à la hâte
-- Для меня это очень важно, -- поспешно сказала Алиса
« mais je ne cherche pas d'œufs, en l'occurrence »
«Но я не ищу яиц, как это бывает»
« et je ne voudrais pas de tes œufs de toute façon »
— И мне все равно не нужны твои яйца.
« Je n'aime pas mes œufs crus »
«Я не люблю, когда мои яйца сырые»
« Eh bien, allez-vous-en ! » dit le pigeon d'un ton boudeur
— Ну, тогда уходи, — сказал голубь угрюмым тоном
et le pigeon se posa de nouveau dans son nid
И голубь снова устроился в своем гнезде
Alice s'accroupit parmi les arbres du mieux qu'elle put
Алиса присела на корточки среди деревьев, как только могла
Son cou ne cessait de s'emmêler parmi les branches
Ее шея все время запутывалась в ветвях
De temps en temps, elle devait s'arrêter et se tordre le cou
Время от времени ей приходилось останавливаться и разворачивать шею
Au bout d'un moment, elle se souvint du champignon
Через некоторое время она вспомнила о грибе
Elle tenait toujours les morceaux de champignon dans ses mains
Она все еще держала в руках кусочки грибов
et elle se mit à l'œuvre avec beaucoup de soin
И она принялась за работу очень тщательно
D'abord, elle a grignoté un morceau
Сначала она откусила кусочек
puis elle grignota l'autre morceau
А затем она откусила другой кусок
Parfois, elle grandissait
Иногда она становилась выше

et parfois elle devenait plus petite

а иногда она становилась короче

Mais finalement, elle a atteint sa taille habituelle

Но в конце концов она достигла своего обычного роста

Elle n'avait pas été de sa taille depuis un certain temps

Какое-то время она не была своего роста

Tout m'a semblé étrange pendant un moment

Так что какое-то время все казалось странным

« La prochaine chose à faire est d'entrer dans ce beau jardin »

«Следующее, что нужно сделать, это попасть в этот прекрасный сад»

« Comment cela se fera-t-il, je me demande ? »

— Интересно, как это сделать?

En disant cela, elle tomba sur un endroit ouvert

Сказав это, она наткнулась на открытое место

Il y avait une petite maison, un peu plus haute qu'un mètre

там был маленький домик, чуть выше метра

« Je me demande qui habite cette petite maison »

«Интересно, кто живет в этом домике?»

« Je ne peux certainement pas y aller aussi grand que je le suis »

«Я, конечно, не могу войти так сильно, как я есть»

« Je les effrayerais terriblement ! »

«Я бы их ужасно напугал!»

alors elle grignota à nouveau le petit champignon

Поэтому она снова откусила маленький гриб

et bientôt elle s'abaissa de trente centimètres

И вскоре она опустилась вниз на тридцать сантиметров

Un cochon et du poivre

Свинья и немного перца

Pendant une minute ou deux, elle resta à regarder la maison

Минуту или две она стояла, глядя на дом

Soudain, un valet de pied sortit en courant des bois

Вдруг из леса выбежал лакей

Il portait un uniforme de livrée spécial

Он был одет в специальную ливрейную форму

à en juger par son seul visage, elle l'aurait traité de poisson

Судя только по его лицу, она бы назвала его рыбой

et il frappa bruyamment à la porte avec ses jointures

и он громко постучал костяшками пальцев в дверь

La porte fut ouverte par un autre valet de pied

Дверь открыл другой лакей

Ce valet de pied portait également une livrée spéciale

Этот лакей тоже был одет в специальную ливрею

Ce valet de pied avait un visage rond et de grands yeux comme une grenouille

У этого лакея было круглое лицо и большие глаза, как у лягушки

C'est le valet de pied qui ressemblait à un poisson qui a
initié la cérémonie
Лакей, похожий на рыбу, инициировал церемонию
Il sortit quelque chose de sous son bras
Он вытащил что-то из-под мышки
et il tira de dessous son bras une enveloppe
И он вытащил из-под мышки конверт
et cette enveloppe, il la remit à l'autre valet de pied
И этот конверт он передал другому лакею
D'un ton cérémoniel, il lui donna les ordres
Церемонным тоном он передал ему приказ
« Ce message s'adresse à la duchesse »
«Это послание для герцогини»
« Une invitation de la reine à jouer au croquet »
"Приглашение от королевы поиграть в крокет"
Le valet de pied qui ressemblait à une grenouille répéta
l'ordre
Лакей, похожий на лягушку, повторил приказ
« De la reine »
«От королевы»
« Une invitation »
«Приглашение»
« pour la duchesse »
"для герцогини"
« Jouer au croquet »
«Игра в крокет»
Puis ils s'inclinèrent tous les deux
Затем они оба низко поклонились
et les boucles de leurs perruques s'emmêlèrent
и кудри в их париках спутались
Bientôt, le valet de pied qui ressemblait à un poisson a
disparu
Вскоре лакей, похожий на рыбу, исчез
Mais le valet de pied qui ressemblait à une grenouille était
toujours là
Но лакей, похожий на лягушку, все еще был там
Il était assis par terre près de la porte

Он сидел на земле возле двери

Il regardait bêtement le ciel

Он тупо смотрел в небо

Alice s'approcha timidement de la porte et frappa

Алиса робко подошла к двери и постучала

— Il ne sert à rien de frapper, dit le valet de pied

— Стучать бесполезно, — сказал лакей

« Et ce, pour deux raisons »

"И это по двум причинам"

« D'abord, parce que je suis du même côté de la porte que toi »

«Во-первых, потому что я нахожусь по ту же сторону двери, что и вы»

« Deuxièmement, parce qu'ils font tellement de bruit à l'intérieur »

«Во-вторых, потому что они создают так много шума внутри»

« Personne ne pouvait vous entendre »

«Никто не мог тебя услышать»

Et il y avait certainement un bruit des plus extraordinaires à l'intérieur

И действительно, внутри происходил самый необычайный шум

des hurlements et des éternuements constants

постоянный вой и чихание

et de temps en temps un bruit de grand fracas

и время от времени раздается звук громкого грохота

comme si un plat ou une bouilloire avait été brisé en morceaux

как будто посуду или чайник разбили на куски

« Comment vais-je entrer ? » demanda Alice

"Как мне войти?" - спросила Алиса

— Faut-il que tu entres ? dit le valet de pied

«Стоит ли вам вообще входить?» — спросил лакей

« C'est la première question, vous savez »

«Это первый вопрос, знаешь ли»

Alice ouvrit la porte et entra

Алиса открыла дверь и вошла

La porte menait directement à une grande cuisine

Дверь вела прямо на большую кухню

La cuisine était pleine de fumée d'un bout à l'autre

Кухня была полна дыма от одного конца до другого

au milieu de la cuisine se trouvait la duchesse

посреди кухни стояла герцогиня

Elle était assise sur un tabouret à trois pieds

Она сидела на табурете на трех ножках

et elle allaitait un bébé

и она кормила грудью ребенка

Le cuisinier était penché au-dessus du feu

Повар склонился над огнем

Il remuait un grand chaudron

Он помешивал большой котел

et le chaudron semblait être plein de soupe

И котел казался полным супа

« Il y a certainement trop de poivre dans cette soupe ! » Alice se dit

«В этом супе определенно слишком много перца!» — сказала себе Алиса

Elle l'a dit du mieux qu'elle a pu sans éternuer

Она сказала это как могла, не чихая

Même la duchesse éternuait de temps en temps

Даже герцогиня изредка чихала

Mais les actions du bébé étaient les plus remarquables

Но самыми примечательными были действия малыша

Le bébé éternuait et hurlait alternativement

малыш чихал и выл попеременно

Il n'y avait pas un instant de pause entre les hurlements et les éternuements

Не было ни минуты паузы между воем и чиханием

Il y avait deux créatures dans la cuisine qui n'éternuaient pas

На кухне было два существа, которые не чихали

Le cuisinier était trop occupé pour éternuer

Повар был слишком занят, чтобы чихнуть

et le gros chat ne semblait pas se soucier du poivre

Да и большая кошка, казалось, не возражала против перца

Au lieu de cela, le gros chat souriait d'une oreille à l'autre

Вместо этого большая кошка ухмылялась от уха до уха

— Pourriez-vous me le dire, s'il vous plaît, dit Alice un peu timidement

- Пожалуйста, скажи мне, - сказала Алиса немного робко

« Pourquoi ton chat sourit-il comme ça ? »

«Почему твоя кошка так ухмыляется?»

« C'est un Cheshire-Cat, » dit la duchesse

— Это чеширский кот, — сказала герцогиня

« Et c'est pourquoi il sourit d'une oreille à l'autre »

«И именно поэтому он улыбается от уха до уха»

« Je ne savais pas qu'un Cheshire-Cat souriait toujours »

«Я не знал, что чеширский кот всегда ухмыляется»

« En fait, je ne savais pas que les chats pouvaient sourire », a déclaré Alice

— В самом деле, я не знала, что кошки могут ухмыляться, — сказала Алиса

— Il y a beaucoup de choses que vous ne savez pas, dit la duchesse

— Вы многого не знаете, — сказала герцогиня

« Il y a beaucoup de choses que vous ne savez pas et c'est un fait »

«Есть многое, чего вы не знаете, и это факт»

Juste à ce moment-là, le cuisinier retira le chaudron de soupe du feu

В этот момент повар снял с огня котел с супом

et aussitôt, elle commença à jeter tout ce qui était à sa portée

И тут же она начала бросать все, что попадалось ей под руку

elle jeta tout ce qu'elle put sur la duchesse et le bébé

она бросила все, что могла, в герцогиню и младенца

D'abord, elle jeta les fers à feu

Сначала она бросила кандалы

Puis elle a jeté une poignée de casseroles

Затем она бросила горсть кастрюль

et enfin elle jeta les assiettes et les plats

И, наконец, она бросила тарелки и блюда

La duchesse ne fit pas attention à elle

Герцогиня не обратила на нее внимания

Même lorsqu'elle a été frappée par une assiette, elle ne s'est pas inquiétée

Даже когда в нее попала тарелка, она не волновалась

Le bébé hurlait déjà tellement

Малыш уже так сильно выл

Il était donc impossible de dire si les coups blessaient le bébé ou non

Так что сказать было невозможно, больно ли удары ранили малыша или нет

« Oh, je vous en prie, faites attention à ce que vous faites ! » s'écria Alice

"О, пожалуйста, не обращай внимания на то, что ты делаешь!" - воскликнула Алиса

et elle sautait de haut en bas dans une agonie de terreur

И она подпрыгивала вверх и вниз в агонии ужаса

la duchesse offrit le bébé à Alice

герцогиня предложила Алисе ребенка

« Ici ! Tu peux allaiter un peu le bébé, si tu veux !

— Вот! Если хочешь, можешь немного покормить ребенка!

et elle lui lança l'enfant tout en parlant

и она швырнула в нее ребенка, пока говорила

« Je dois aller me préparer à jouer au croquet avec la reine »

«Мне нужно идти и готовиться к игре в крокет с дамой»

et elle se hâta de sortir de la chambre

И она поспешно вышла из комнаты

Alice attrapa le bébé avec quelque difficulté

Алиса поймала малыша с некоторым трудом

parce que c'était une petite créature de forme très étrange

Потому что это было маленькое существо очень странной формы

et l'enfant tendit les bras et les jambes dans toutes les directions

и младенец протягивал свои ручки и ножки во все

стороны

« Je ferais mieux d'emmener cet enfant avec moi », pensa Alice

"Я лучше возьму этого ребенка с собой", - подумала Алиса

« Ils sont sûrs de tuer ce bébé dans un jour ou deux »

«Они наверняка убьют этого ребенка через день или два»

« Ne serait-ce pas un meurtre de laisser ce bébé derrière soi ? »

«Разве не было бы убийством оставить этого ребенка?»

Elle prononça les derniers mots à haute voix

Последние слова она произнесла вслух

Et la petite créature grogna en réponse

И малышка хмыкнула в ответ

« Tu ferais mieux de ne pas te transformer en cochon, ma chère, » dit Alice

- Тебе лучше не превращаться в свинью, моя дорогая, - сказала Алиса

« ou alors je n'aurai plus rien à faire avec toi »

«Или я больше не буду иметь с вами ничего общего»

Alice commençait à peine à penser en elle-même :

Алиса только начинала думать про себя:

« Maintenant, que vais-je faire de cette créature, quand je la ramène à la maison ? »

— Что же мне делать с этим существом, когда я вернусь домой?

Mais alors la petite créature grogna un peu violemment

Но тут маленькое существо немного сильно заворчало

et Alice baissa les yeux sur son visage avec une certaine inquiétude

и Алиса с некоторой тревогой посмотрела ему в лицо

Cette fois, il ne pouvait y avoir d'erreur à ce sujet

На этот раз ошибки быть не могло

Ce n'était ni plus ni moins qu'un cochon

это была не больше и не меньше свинья

alors elle déposa la petite créature

Поэтому она усадила маленькое существо

et la petite créature s'éloigna tranquillement dans le bois

и маленькое существо тихо побежало рысью в лес

Alice se sentit tout à fait soulagée de voir la créature partir

Алиса почувствовала облегчение, увидев, как существо ушло

Alice fut un peu surprise en voyant le Chat-Cheshire

Алиса была немного поражена, увидев Чеширского Кота

Il était assis sur une branche d'arbre à quelques mètres de là

он сидел на ветке дерева в нескольких ярдах от него

Le chat ne sourit que lorsqu'il la vit

Кошка только ухмыльнулась, увидев ее

« Chat du Cheshire », commença Alice un peu timidement

-- Чеширский кот, -- робко начала Алиса

« Pourriez-vous s'il vous plaît me dire dans quelle direction je dois aller à partir d'ici ? »

— Не могли бы вы сказать мне, в какую сторону мне следует идти отсюда?

« Dans cette direction », dit le chat

— В ту сторону, — ответил кот

et il agita la patte droite

и он взмахнул правой лапой по кругу

« C'est dans cette direction que vit un fabricant de chapeaux »

«В том направлении живет производитель шляп»

puis le chat agita son autre patte

И тогда кошка махнула другой лапой

« Et dans cette direction vit un lièvre de marche »

"И в ту сторону живет мартовский заяц"

« Visitez l'un ou l'autre de vos goûts ; Ils sont tous les deux fous"

— Приходите в любой из них, как вам угодно; Они оба сумасшедшие».

— Mais je ne veux pas aller parmi des fous, remarqua Alice

— Но я не хочу ходить среди сумасшедших, — заметила Алиса

« Oh, tu ne peux pas t'en empêcher, » dit le Chat

— О, ничего не поделаешь, — сказал Кот

« Nous sommes tous fous ici »

«Мы все здесь с ума сходим»

« Tu joues au croquet avec la reine aujourd'hui ? »

«Ты сегодня играешь в крокет с дамой?»

— J'aimerais beaucoup, dit Alice

- Мне бы очень хотелось, - сказала Алиса

« mais je n'ai pas encore été invité »

"но меня еще не пригласили"

« Tu me verras là-bas », dit le Chat

— Ты увидишь меня там, — сказал Кот

et d'un instant à l'autre le chat disparaissait

И то и дело кошка исчезала

bientôt Alice arriva en vue de la maison du lièvre de marche

Вскоре Алиса увидела домик мартовского зайца

C'était une très grande maison

Это был очень большой дом

alors Alice ne voulait pas s'approcher de la maison

поэтому Алиса не хотела приближаться к дому

D'abord, elle a dû grignoter un peu plus du morceau de champignon du côté gauche

Сначала ей нужно было откусить еще немного гриба с левой стороны

Un thé fou

Безумное чаепитие

Devant la maison, il y avait un arbre

Перед домом росло дерево

et sous l'arbre, il y avait une table

а под деревом стоял стол

et la table était dressée avec toutes sortes de couverts

а стол был накрыт всевозможными столовыми приборами

Le lièvre de mars et le chapelier étaient à table

За столом сидели мартовский заяц и шляпник

et ensemble ils prenaient le thé

и вместе они пили чай

Un loir était assis entre eux

Между ними сидела соня

et le loir dormait profondément

а соня крепко спала

La table était d'une taille extraordinaire

Стол был необычайных размеров

mais la majeure partie de la table était inoccupée

Но большая часть стола была пуста

Ils étaient assis serrés les uns contre les autres dans un coin de la table

Они теснились друг к другу в одном углу стола

et pourtant ils s'excusaient quand ils voyaient Alice

и все же они находили оправдания, когда видели Алису

« Pas de place ! Pas de place ! » crièrent-ils

«Нет места! Нет места!» — закричали они

« Il y a beaucoup de place ! » dit Alice avec indignation

-- Здесь много места, -- возмутилась Алиса

À l'une des extrémités de la table, il y avait un grand fauteuil

На одном конце стола стояло большое кресло

et Alice s'assit dans le fauteuil

и Алиса уселась в кресло

Le chapelier ouvrit de grands yeux

Шляпник широко раскрыл глаза

Il n'arrivait pas à croire ce qu'il voyait

Он не мог поверить в то, что видел

Mais son esprit était curieux d'autres choses

Но его ум был любопытен к другим вещам

« Pourquoi un corbeau est-il comme un bureau ? »

«Почему ворон похож на письменный стол?»

Alice était prête à relever le défi

Элис была открыта для вызова

« Je suis content qu'ils aient commencé à poser des énigmes »

«Я рад, что они начали задавать загадки»

— Je crois que je peux le deviner, ajouta-t-elle à haute voix

— Кажется, я догадываюсь об этом, — добавила она вслух

Le lièvre de mars s'est curieux de connaître Alice

Походный заяц заинтересовался Алисой

« Pensez-vous vraiment que vous pouvez trouver la réponse ? »

«Вы действительно думаете, что сможете найти ответ?»

— Je crois que je peux trouver la réponse, en effet, dit Alice

- Кажется, я действительно найду ответ, - сказала Алиса

« Alors, tu devrais dire ce que tu veux dire », continua le lièvre de marche

— Тогда ты должен сказать, что ты имеешь в виду, — продолжал походный заяц

— Je dis ce que je pense, répondit vivement Alice

-- Я говорю то, что имею в виду, -- поспешно ответила Алиса

« à tout le moins, je pense ce que je dis »

«по крайней мере, я имею в виду то, что говорю»

« C'est la même chose, vous savez »

«Это одно и то же, знаешь ли»

Le loir a également contribué à la conversation

Соня тоже внесла свой вклад в разговор

mais le loir semblait parler dans son sommeil

Но соня словно разговаривала во сне

« Je respire quand je dors »

«Я дышу, когда сплю»

« Je dors quand je respire ! »

«Я сплю, когда дышу!»

« Autant dire qu'ils sont les mêmes aussi »

«С таким же успехом можно сказать, что они тоже одно и то же»

« C'est la même chose pour toi », dit le chapelier

«То же самое и с вами», — сказал шляпник

Et il versa un peu de thé sur le nez du loir

И он налил немного чая на нос сони

Le Loir secoua la tête avec impatience

Соня нетерпеливо покачала головой

et le loir parla de nouveau, sans ouvrir les yeux

И снова соня заговорила, не открывая глаз

« Bien sûr, bien sûr que c'est la même chose »

«Конечно, конечно, это то же самое»

« C'est juste ce que j'allais dire moi-même »

«Это просто то, что я собирался сказать сам»

Le chapelier se tourna vers Alice et lui posa une autre question

Шляпник повернулся к Алисе и задал еще один вопрос

« As-tu déjà deviné l'énigme ? »

— Ты уже разгадал загадку?

« Non, j'abandonne », a concédé Alice

— Нет, я сдаюсь, — согласилась Алиса

« Quelle est la réponse ? » voulait-elle savoir

«Каков ответ?» — спросила она

— Je n'en ai pas la moindre idée, dit le chapelier

— Я понятия не имею, — сказал шляпник

« Moi non plus, » dit le lièvre de marche

— И я тоже не знаю, — сказал походный заяц

Alice poussa un soupir de lassitude

Алиса устало вздохнула

« Il y a de meilleures utilisations du temps que des énigmes sans réponses »

«Есть лучшее применение времени, чем загадки без ответов»

« Prends encore du thé », dit le lièvre de marche à Alice, très sérieusement

-- Выпей еще чаю, -- очень серьезно сказал Алисе Мартовский Заяц

Alice était assez offensée par l'offre

Алиса была весьма оскорблена этим предложением

— Je n'ai pas encore pris de thé, répondit Alice

— Я еще не пила чай, — ответила Алиса

« donc je ne peux plus prendre de thé »

«Поэтому я больше не могу пить чай»

— Vous voulez dire que vous ne pouvez pas prendre moins de thé, dit le chapelier

«Ты хочешь сказать, что не можешь пить меньше чая», — сказал шляпник

« C'est très facile de prendre plus que rien »

«Очень легко взять больше, чем ничего»

À ces mots, Alice se leva et s'en alla

С этими словами Алиса встала и пошла прочь

Le loir s'endormit instantanément

Соня мгновенно уснула

et ni l'un ni l'autre ne firent la moindre attention à son départ

и никто из остальных не обратил ни малейшего внимания на ее уход

bien qu'elle ait regardé en arrière une ou deux fois

хотя она оглянулась один или два раза назад

Ils essayaient de mettre le loir dans la théière

Они пытались засунуть соню в чайник

« En tout cas, je n'y retournerai plus ! » dit Alice

- Во всяком случае, я никогда больше туда не поеду, - сказала Алиса

et elle se fraya un chemin à travers les bois

И она шла по лесу

« c'était le thé le plus stupide auquel j'aie jamais assisté »

«Это было самое глупое чаепитие, на котором я когда-либо был»

Juste au moment où elle disait cela, elle remarqua quelque chose

Как только она сказала это, она что-то заметила

L'un des arbres avait une porte qui y menait directement

На одном из деревьев была дверь, ведущая прямо в него

« C'est très intéressant ! » a-t-elle pensé

«Это очень интересно!» — подумала она

« Je pense que je peux aussi bien passer la porte »

— Думаю, я могу пройти через дверь.

Et elle passa par la porte

И через дверь она вошла

Une fois de plus, elle se retrouva dans le long couloir

И снова она очутилась в длинном зале

de nouveau, elle était près de la petite table de verre

Она снова подошла к маленькому стеклянному столику

Elle prit la petite clé d'or

Она взяла маленький золотой ключик

et elle ouvrit la porte qui donnait sur le jardin

И она отперла дверь, ведущую в сад

Puis elle s'est mise au travail pour grignoter le champignon

Затем она принялась грызть гриб

Elle avait gardé un morceau du champignon dans sa poche

Она держала в кармане кусочек гриба

Et finalement, elle mesurait environ un mètre

И, наконец, она была около метра ростом

Puis elle descendit le petit couloir

Затем она пошла по маленькому коридору

Et puis elle s'est finalement retrouvée dans le magnifique jardin

И вот она, наконец, оказалась в прекрасном саду

et elle était parmi les fleurs brillantes et les fontaines fraîches

И она была среди ярких цветов и прохладных фонтанов

Le terrain de croquet de la reine

Площадка для крокета королевы

Un grand rosier se dressait près de l'entrée du jardin

Большое розовое дерево стояло у входа в сад

Les roses qui poussaient sur l'arbre étaient blanches

Розы, растущие на дереве, были белыми

Mais il y avait trois jardiniers qui peignaient la rose

Но было три садовника, которые рисовали розу

Ils étaient occupés à peindre les roses en rouge

Они деловито красили розы в красный цвет

et Alice les regardait peindre les roses en rouge

и Алиса смотрела, как они красят розы в красный цвет

et soudain leurs yeux tombèrent par hasard sur Alice

и вдруг их взгляд случайно упал на Алису

Alice parlait un peu timidement

Алиса заговорила немного робко

« Pourriez-vous me le dire, s'il vous plaît ? »

— Не могли бы вы рассказать мне, пожалуйста?

« Pourquoi peignez-vous tous ces roses ? »

«Почему вы все рисуете эти розы?»

cinq et sept ne dirent rien, mais regardèrent deux

Пять и семь ничего не сказали, но посмотрели на двоих

deux d'entre eux parlèrent à voix basse

двое говорили тихим голосом

— Eh bien, le fait est, voyez-vous, madame.

— Ну, дело в том, видите ли, сударыня.

« Celui-ci aurait dû être un rosier rouge »

— Это должно было быть красное розовое дерево.

« Et nous avons mis un rosier blanc par erreur »

«И мы по ошибке посадили белое розовое дерево»

« Comme vous en conviendrez, la reine ne doit pas le découvrir »

«Согласитесь, королева не должна об этом узнать»

« Sinon, nous aurions tous la tête tranchée »

«Иначе нам бы всем отрубили головы»

« Alors vous voyez, madame, nous faisons de notre mieux »

«Итак, вы видите, мадам, мы делаем все, что в наших

силах»

La cinquième carte avait regardé anxieusement à travers le jardin

Пятая карта с тревогой смотрела на сад

À ce moment, la cinquième carte cria : « La dame ! La reine !

В этот момент пятая карта крикнула: «Дама! Королева!

Et les trois jardiniers s'enfuirent aussitôt

И трое садовников мгновенно поспешили прочь

et ils se jetèrent à plat ventre

и они бросились лицом к лицу

Il y eut un bruit de nombreux pas

Послышались многочисленные шаги

Alice regarda autour d'elle, impatiente de voir la reine

Алиса оглянулась, желая увидеть королеву

Au début de la procession se trouvaient dix soldats

В начале процессии стояли десять солдат

leurs mains et leurs pieds étaient dans les coins

их руки и ноги лежали по углам

et dans leurs mains et leurs pieds étaient des massues

и в руках и ногах у них были дубинки

Venaient ensuite les dix courtisans

Далее шли десять придворных

Les courtisans étaient partout ornés de diamants

Придворные были украшены бриллиантами

Après les courtisans sont venus les enfants royaux

Вслед за придворными шли царские дети

Il y avait dix enfants royaux

Царских детей было десять

et tous les enfants royaux étaient ornés de cœurs

и все царские дети были украшены сердечками

Venaient ensuite les invités ; principalement des rois et des reines

Затем пришли гости; В основном короли и королевы

et parmi les rois et la reine, Alice vit quelqu'un

а среди королей и королевы Алиса увидела кого-то

Elle revit le lapin blanc qu'elle avait chassé

Она снова увидела белого кролика, за которым гналась

Le cortège était suivi par le valet de cœur
За процессией следовал валет сердец
Il portait la couronne du roi
Он нес корону короля
et la couronne du roi était sur un coussin de velours cramoisi
Корона царя лежала на подушке из малинового бархата
Et puis vint la fin de ce grand cortège
И вот наступил конец этой грандиозной процессии
Et là, à la fin, il y avait le Roi et la Reine de Cœur
И вот в конце были король и королева червей
le cortège arriva en face d'Alice
процессия шла противоположно Алисе
et ils s'arrêtèrent tous et la regardèrent
И все они остановились и посмотрели на нее
et la reine dit sévèrement : « Qui est-ce ? »
И царица строго спросила: "Кто это?"
Elle l'a dit au Valet de Cœur
Она сказала это Валету Червей
Mais il s'est contenté de s'incliner et de sourire en réponse
Но он только поклонился и улыбнулся в ответ
Alice parla très poliment
Алиса говорила очень вежливо
« Je m'appelle Alice, alors faites plaisir à Votre Majesté »
"Меня зовут Алиса, пожалуйста, ваше величество"
Mais elle avait d'autres pensées pour elle-même
Но у нее были другие мысли
« Ce n'est qu'un jeu de cartes, après tout ! »
— В конце концов, это всего лишь колода карт!
« Savez-vous jouer au croquet ? » cria la reine
"Ты умеешь играть в крокет?" - закричала королева
La question était évidemment destinée à Alice
Вопрос, очевидно, предназначался для Алисы
— Oui ! dit Alice d'une voix forte
"Да!" - громко сказала Алиса
« Venez jouer alors ! » rugit la reine
"Тогда давай играть!" - закричала королева
une voix timide s'adressa à Alice

робкий голос обратился к Алисе

« C'est une très belle journée ! »

«Сегодня очень хороший день!»

Elle se promenait près du lapin blanc

Она шла мимо белого кролика

et le Lapin Blanc jetait un coup d'œil anxieux sur son visage

а Белый Кролик с тревогой заглядывал ей в лицо

« Une très belle journée, en effet, confirma Alice

- Очень хороший день, - подтвердила Алиса

« Où est la duchesse ? »

— Где герцогиня?

« Chut ! Chut ! dit le Lapin

«Тише! Тише!» — сказал Кролик

« Elle est sous le coup d'une sentence d'exécution »

«Она приговорена к смертной казни»

« Pourquoi est-elle exécutée ? » demanda Alice

"За что ее казнят?" - спросила Алиса

« Elle a éraflé les oreilles de la reine », commença le lapin

— Она поцарапала королеве уши, — начал кролик

cria la reine d'une voix de tonnerre

— закричала королева громовым голосом

« Retournez à vos endroits ! »

«Идите по своим местам!»

et les gens se mirent à courir dans toutes les directions

и люди начали бегать во все стороны

et ils tombèrent tous les uns contre les autres

и все они навалились друг на друга

Cependant, ils se sont calmés en une minute ou deux

Тем не менее, они успокоились через минуту или две

Et puis le jeu a commencé

И тут началась игра

Alice n'avait jamais vu un terrain de croquet aussi curieux

Алиса никогда не видела такой любопытной площадки
для крокета

L'herbe n'était que crêtes et sillons

Трава была сплошь в гребнях и бороздах

Les boules de croquet étaient de vrais hérissons

Крокетные шары были настоящими ежами
Et les maillets étaient de vrais flamants roses
А молотки были настоящими фламинго
et les soldats se tinrent sur leurs mains et leurs pieds
и воины стояли на руках и ногах
Parce que les arches ont été faites à partir de leurs corps
потому что арки были сделаны из их тел
Les joueurs ont tous joué en même temps
Все игроки играли одновременно
Personne n'attendait son tour
Никто не ждал своей очереди
et tout le monde se querellait avec tout le monde
и все со всеми переругались
et tous se battaient pour les hérissons
и все дрались за ежей
Bientôt, la reine fut dans une colère furieuse
Вскоре королева пришла в бешеную страсть
et elle s'est mise à piétiner et à crier
И она начала топать ногами и кричать
« Coupez-lui la tête ! »
«Отрубите ему голову!»
« Coupez-lui la tête ! »
«Отрубите ей голову!»
« Coupez-leur la tête ! »
«Отрубите им все головы!»
De nouveau, Alice pensa en elle-même
И снова Алиса подумала про себя
« Ils sont affreusement friands de décapiter les gens ici »
«Здесь ужасно любят обезглавливать людей»
**« Ce qui est très étonnant, c'est qu'il reste quelqu'un en vie !
»**
«Великое чудо в том, что кто-то остался в живых!»
Elle cherchait un moyen de s'échapper
Она искала какой-нибудь способ сбежать
Elle remarqua une curieuse apparition dans l'air
Она заметила любопытное появление в воздухе
« C'est le chat du Cheshire », se dit-elle

«Это чеширский кот», — сказала она себе

« maintenant j'aurai quelqu'un à qui parler »

— Теперь мне будет с кем поговорить.

« Comment vas-tu ? » dit le chat

"Как у тебя дела?" - спросил кот

« Je ne pense pas qu'ils jouent du tout équitablement », a déclaré Alice

«Я не думаю, что они играют честно», — сказала Элис

et elle avait un ton plutôt plaintif

и у нее был довольно жалобный тон

« Ils se querellent tous si affreusement »

«Они все так ужасно ссорятся»

« On ne s'entend pas parler »

«Человек не слышит своей речи»

« Et ils ne semblent pas jouer selon des règles »

"И они, похоже, не играют ни по каким правилам"

le chat a posé une question à Alice à voix basse

Кошка вполголоса задала вопрос Алисе

« Comment aimez-vous la reine ? »

— Как тебе королева?

— Je ne l'aime pas du tout, dit Alice

— Она мне совсем не нравится, — сказала Алиса

Alice pensa qu'elle ferait aussi bien d'y retourner

Алиса подумала, что с таким же успехом она могла бы вернуться

Elle voulait voir comment le match se passait

Она хотела посмотреть, как идет игра

Elle est partie à la recherche de son hérisson

Она отправилась на поиски своего ежа

Le hérisson était occupé à combattre un autre hérisson

Ежик был занят борьбой с другим ежом

C'était une excellente occasion

Это была отличная возможность

Elle pouvait croquer un hérisson avec l'autre

Она могла крокет одного ежа с помощью другого

Mais son flamant rose était de l'autre côté du jardin

Но ее фламинго был на другой стороне сада

Le flamant rose était plutôt maladroit

Фламинго был довольно неуклюжим

Son flamant rose essayait de s'envoler dans un arbre

Ее фламинго пытался взлететь на дерево

Elle attrapa le flamant rose par la patte

Она схватила фламинго за ногу

Et elle glissa le flamant rose sous son bras

И она спрятала фламинго под мышку

De cette façon, le flamant rose ne pouvait plus s'échapper

Таким образом, фламинго больше не сможет сбежать

Juste à ce moment-là, Alice rencontra la duchesse

Как раз в этот момент Алиса случайно познакомилась с герцогиней

La duchesse était maintenant sortie de prison

Герцогиня вышла из тюрьмы

Elle glissa affectueusement son bras sous celui d'Alice

Она нежно подложила руку под руку Алисы

puis ils sont partis ensemble

А потом они ушли вместе

Alice était très heureuse de la trouver d'une humeur si agréable

Алиса была очень рада застать ее в таком приятном

расположении духа

Elle était cependant un peu surprise

Однако она была немного поражена

Elle entendit la voix de la duchesse près de son oreille

Она слышала голос герцогини близко к своему уху

« Tu penses à quelque chose, ma chérie »

«Ты о чем-то думаешь, моя дорогая»

« Et ça fait oublier de parler »

«И из-за этого ты забываешь говорить»

« Le jeu se passe un peu mieux maintenant », a déclaré Alice

"Игра теперь идет гораздо лучше", - сказала Алиса

C'était une façon de poursuivre la conversation

Это был один из способов поддержать разговор

— C'est vrai, dit la duchesse

— Это действительно так, — сказала герцогиня

« Et la morale de cela est la suivante : »

— И мораль этого такова:

« C'est l'amour qui fait tout ! »

«Это любовь, которая делает все!»

« L'amour est ce qui fait tourner le monde »

«Любовь – это то, что заставляет мир вращаться»

Alice avait une autre explication

У Алисы было другое объяснение

« C'est fait par tout le monde qui s'occupe de ses propres affaires ! »

«Это делает каждый, кто занимается своим делом!»

— Ah ! Vous pourriez avoir raison"

— Ну, ну! Возможно, вы правы»

— Tout cela signifie à peu près la même chose, dit la duchesse

— Все это означает одно и то же, — сказала герцогиня

et elle enfonça son petit menton pointu dans l'épaule d'Alice

и она уткнулась своим острым маленьким подбородком в плечо Алисы

« Et la morale de cela est la suivante »

«И мораль этого такова»

« Prendre soin du sens »

«Позаботьтесь о чувствах»

« Et puis les sons prendront soin d'eux-mêmes »

"И тогда звуки позаботятся о себе сами"

Mais alors le bras de la duchesse se mit à trembler

Но тут рука герцогини задрожала

Alice leva les yeux et la reine se tenait là

Алиса подняла голову и увидела королеву

La reine avait les bras croisés

Королева сложила руки на груди

Et elle fronçait les sourcils comme un orage !

И она хмурилась, как гроза!

« Je vous préviens », cria la reine

— Честно предупреждаю, — закричала королева

et elle piétina le sol tout en parlant

и она топала по земле, пока говорила

« Soit ta tête, soit sa tête doit être coupée »

«Либо твоя голова, либо ей голова должна быть оторвана»

« Faites votre choix ! »

«Выбирай сам!»

« Et soyez rapide à ce sujet »

«И поторопитесь»

La duchesse fait son choix

Герцогиня сделала свой выбор

et au bout d'un instant la duchesse avait disparu

И через мгновение герцогиня исчезла

Puis la reine s'adressa à Alice

Затем королева обратилась к Алисе

« Continuons le jeu »

«Давай продолжим игру»

Alice était trop effrayée pour dire un mot

Алиса была слишком напугана, чтобы сказать хоть слово

et elle la suivit lentement jusqu'au terrain de croquet

И она медленно последовала за ней обратно на крокетную площадку

Pendant tout ce temps, la reine s'est querellée avec les autres joueurs

Все это время ферзь ссорился с другими игроками

« Coupez-lui la tête ! »

«Отрубите ему голову!»

« Coupez-lui la tête ! »

«Отрубите ей голову!»

« Coupez-leur la tête ! »

«Отрубите им все головы!»

Bientôt, tous les joueurs ont été en garde à vue

Вскоре все футболисты оказались под стражей

il ne restait que le roi, la reine et Alice

остались только король, королева и Алиса

Puis la reine s'en alla, tout à fait essoufflée

Затем королева ушла, совершенно запыхавшись

et elle s'en alla avec Alice

и она ушла с Алисой

Alice entendit le roi dire quelque chose

Алиса услышала, как король что-то тихо сказал

« Vous êtes tous pardonnés »

«Вы все прощены»

Mais soudain, un autre cri se fit entendre

Но вдруг раздался еще один крик

« Le procès commence ! »

«Суд начинается!»

et Alice courut avec les autres

и Алиса побежала вместе с остальными

Qui a volé les tartes ?

Кто украл пирожные?

Le roi et la reine de cœur étaient assis

Король и королева червей сидели

ils étaient sur leur trône quand Alice arriva

они были на своем троне, когда появилась Алиса

Il y avait une grande foule rassemblée autour d'eux

Вокруг них собралась огромная толпа

Il y avait toutes sortes de petits oiseaux et de bêtes

там были всякие мелкие птички и звери

Et il y avait tout le paquet de cartes

И там была целая колода карт

Le coquin se tenait devant eux, enchaîné

Плут стоял перед ними, закованный в цепи

et il y avait un soldat de chaque côté pour le garder

и с каждой стороны было по солдатам, чтобы охранять его

près du roi était le lapin blanc

рядом с королем был белый кролик

Il avait une trompette dans une main

В одной руке у него была труба

et il avait un rouleau de parchemin dans l'autre main

а в другой руке у него был свиток пергамента

Au milieu de la cour se trouvait une table

В самом центре двора стоял стол

Sur la table, il y avait un grand plat de tartes

На столе стояло большое блюдо с пирогами

« J'aimerais qu'ils fassent le procès », pensa Alice

"Жаль, что они не довели дело до суда", - подумала Алиса

« Alors nous pourrions manger quelques-uns de ces rafraîchissements ! »

«Тогда мы могли бы съесть немного этих угощений!»

Le juge, soit dit en passant, était le roi

Судьей, кстати, был король

et il portait sa couronne sur sa grande perruque

и он носил свою корону поверх своего большого парика

« C'est le banc des jurés, pensa Alice

"Вот это ложа присяжных", - подумала Алиса

« Et ces douze créatures, je suppose qu'elles sont les jurés »

— И эти двенадцать созданий, полагаю, они и есть присяжные.

certains étaient des animaux, et d'autres étaient des oiseaux

некоторые из них были животными, а некоторые птицами

Juste à ce moment-là, le lapin blanc a crié

В этот момент белый кролик закричал

« Silence dans la cour ! »

«Тишина в суде!»

« Héraut, lisez l'accusation ! » dit le roi

"Герольд, прочтите обвинение!" - сказал король

Le lapin blanc souffla trois coups de trompette

Белый Кролик трижды подул в трубу

Puis il déroula le parchemin

Затем он развернул пергаментный свиток

Et il a lu ce qui suit :

И он прочитал следующее:

« La reine de cœur, elle a fait des tartes, »

«Королева червей, она приготовила несколько пирогов».

« Tout cela, elle l'a fait un jour d'été »

«Все это она сделала в летний день»

« Le valet de cœur, il a volé ces tartes »

«Мошенник червей, он украл эти пироги»

« Et il a emporté ces tartes loin ! »

«И он унес эти пироги далеко!»

« Appelez le premier témoin », dit le roi

«Позовите первого свидетеля», — сказал король

et le lapin blanc souffla trois coups de trompette

И Белый Кролик трижды трубил в трубу

« Amenez le premier témoin ! » cria-t-il

«Приведите первого свидетеля!» — крикнул он

Le premier témoin était le chapelier

Первым свидетелем был шляпник

Il entra avec une tasse de thé dans une main

Он вошел с чашкой в одной руке

et il avait un morceau de pain et de beurre dans l'autre main

а в другой руке у него был кусок хлеба с маслом

« Tu aurais dû finir », dit le roi

— Вы должны были закончить, — сказал король

« Quand avez-vous commencé ? »

— Когда вы начали?

Le chapelier regarda le lièvre de marche

Шляпник посмотрел на походного зайца

Le lièvre de marche l'avait suivi dans la cour

Мартовский заяц последовал за ним во двор

Il avait marché bras dessus bras dessous avec le loir

Он шел рука об руку с соней

« Le quatorzième mars, je crois, dit-il

«Кажется, это было четырнадцатое марта», — сказал он

« Rendez votre témoignage », dit le roi

"Дайте свои показания, - сказал король

« Et ne sois pas nerveux, ou je te ferai exécuter sur-le-champ »

«И не нервничай, а то я прикажу казнить тебя на месте»

Cela n'a pas semblé encourager du tout le témoin

Это, казалось, нисколько не воодушевило свидетеля

Il n'arrêtait pas de se déplacer d'un pied sur l'autre

Он то и дело переминался с ноги на ногу

et il regarda la reine avec inquiétude

И он с беспокойством посмотрел на королеву

et, dans sa confusion, il mordit un gros morceau de sa tasse de thé

и в смущении он откусил большой кусок от своей чашки

En réalité, il voulait croquer dans son pain et son beurre

На самом деле он хотел откусить кусок от своего хлеба с маслом

Juste à ce moment, Alice éprouva une sensation très curieuse

Как раз в этот момент Алиса почувствовала очень любопытное ощущение

Elle commençait à grossir à nouveau

Она снова начала расти

Le misérable chapelier laissa tomber sa tasse de thé

Несчастный шляпник выронил свою чашку

et le pain et le beurre tombèrent à terre

и хлеб с маслом упал на землю

et il mit un genou à terre

И он опустился на одно колено

« Je suis un pauvre homme, Votre Majesté », a-t-il commencé

— Я бедный человек, ваше величество, — начал он

« Vous êtes un bien mauvais orateur, » dit le roi

— Вы очень плохо говорите, — сказал король

« Tu peux y aller, » dit le roi

"Ты можешь идти, - сказал король

et le chapelier quitta précipitamment la cour

И шляпник поспешно покинул двор
« Appelez le témoin suivant ! » dit le roi
"Позовите следующего свидетеля!" - сказал король
Le témoin suivant fut le cuisinier de la duchesse
Следующим свидетелем была кухарка герцогини
Elle portait la poivrière à la main
В руке она держала пепперницу
et les gens près de la porte se mirent à éternuer tout à coup
И люди у двери вдруг начали чихать
« Rendez votre témoignage », dit le roi
"Дайте свои показания, - сказал король
— Je ne donnerai aucun témoignage, dit le cuisinier
— Я не дам никаких показаний, — сказала кухарка
Le roi regarda anxieusement le lapin blanc
Король с тревогой посмотрел на белого кролика
Et le lapin blanc parlait d'une voix douce
И белый кролик заговорил тихим голосом
« Votre Majesté doit contre-interroger ce témoin »
«Ваше Величество должно подвергнуть перекрестному
допросу этого свидетеля»
« Eh bien, s'il le faut, il le faut, » dit le roi
«Ну, если я должен, я должен», — сказал король
« De quoi sont faites les tartes ? »
«Из чего делают пироги?»
« Les tartes sont faites de poivre, principalement », a déclaré
le cuisinier
«Пироги в основном из перца», — сказал повар
Pendant quelques minutes, toute la cour fut dans la
confusion
В течение нескольких минут весь двор пребывал в
смятении
Finalement, ils se sont tous calmés
В конце концов они все снова успокоились
Mais à ce moment-là, le cuisinier avait disparu
Но к тому времени повар исчез
« N'importe ! » dit le roi
"Ничего!" - сказал король

« Appel à la barre du prochain témoin »

«Вызовите к трибуне следующего свидетеля»

Alice regarda le lapin blanc qui tâtonnait sur la liste

Алиса наблюдала за белым кроликом, пока он шарил над списком

Vous pouvez imaginer sa surprise à ce qu'elle a entendu ensuite

Вы можете представить себе ее удивление от того, что она услышала дальше

à tue-tête de sa petite voix aiguë, il appela le nom « Alice ! »

Во весь голос он выкрикнул имя: «Алиса!»

Le témoignage d'Alice

Доказательства Алисы

« Ici ! » s'écria Alice

"Сюда!" - закричала Алиса

Elle se leva d'un bond en toute hâte

Она вскочила в большой спешке

et elle renversa le banc des jurés

и она опрокинула ложу присяжных

et elle renversa tous les jurés

и она опрокинула всех присяжных заседателей

et ils tombèrent sur la tête de la foule en bas

и они падали на головы толпы внизу

Alice était dans un grand désarroi

Алиса была в сильном смятении

« Oh ! je vous demande pardon ! » s'écria-t-elle

"О, прошу прощения!" - воскликнула она

« Le procès ne peut pas avoir lieu », dit le roi

- Суд не может продолжаться, - сказал король

« Les jurés doivent retourner à leur place »

«Присяжные должны вернуться на свои места»

Il répéta l'ordre avec beaucoup d'emphase

Он повторил приказ с большим акцентом

et il regarda Alice d'un air sévère

и он строго посмотрел на Алису

« Que savez-vous de ces événements ? » demanda le roi à Alice

"Что ты знаешь об этих событиях?" - спросил король у Алисы

— Je ne sais rien à ce sujet, dit Alice

- Я ничего не знаю по этому поводу, - сказала Алиса

Le roi lut ensuite un extrait de son livre

Затем король прочитал отрывок из своей книги

« Règle quarante-deux »

«Правило сорок два»

« Toutes les personnes de plus d'un kilomètre de haut doivent quitter le tribunal »

«Все лица, находящиеся на высоте более мили, должны

покинуть двор»
« Je ne suis pas à un mille de haut, » dit Alice
— Я не выше мили, — сказала Алиса
« Près de deux milles de haut », dit la reine
«Почти две мили высотой», — сказала королева

— Eh bien, je refuse d'y aller, dit Alice
- Ну, я отказываюсь идти, - сказала Алиса
Le roi pâlit
Король побледнел
et il ferma précipitamment son carnet
и он поспешно закрыл свою записную книжку
« Considérez votre verdict », a-t-il dit au jury
«Обдумайте свой вердикт», — сказал он присяжным
Il parlait d'une voix basse et tremblante
Он говорил низким, дрожащим голосом
Puis le lapin blanc prit la parole
Тогда заговорил белый кролик
« Il y a encore plus de preuves à venir »
«Еще больше доказательств впереди»
et il se leva d'un bond en toute hâte

И он вскочил в большой спешке

« Ce papier vient d'être retiré »

"Эту бумагу только что подхватили"

« On dirait que c'est une lettre écrite par le prisonnier »

«Кажется, это письмо, написанное заключенным»

Il déplia le papier tout en parlant

Говоря это, он разворачивал бумагу

« Ce n'est pas une lettre, après tout »

— В конце концов, это не письмо.

« Ce que c'était, c'était un ensemble de versets »

«То, что это было, было набором стихов»

« S'il vous plaît, Votre Majesté », dit le coquin

— Пожалуйста, ваше величество, — сказал плут

« Je n'ai pas écrit ces vers »

«Не я писал эти стихи»

« et ils ne peuvent pas prouver que j'ai écrit quoi que ce soit »

"и они не могут доказать, что я что-то написал"

« Il n'y a pas de nom signé à la fin »

«В конце нет подписи имени»

Le roi parla au fripon

Король обратился к мошеннику

« Vous avez dû vouloir causer des méfaits »

«Ты, должно быть, хотел причинить какой-то вред»

« Sinon, tu aurais signé ton nom comme un honnête homme »

«Иначе вы бы подписались как честный человек»

Il y eut un claquement général de mains

Раздались общие хлопки в ладоши

Et le roi se tourna vers le lapin blanc

И король повернулся к белому кролику

« Lisez les vers », ordonna-t-il

— Читай стихи, — приказал он

Il y eut un silence de mort dans la cour

Во дворе воцарилась мертвая тишина

et le lapin blanc lut les versets

И белый кролик прочитал стихи

Ils m'ont dit que vous étiez allé chez elle

Они сказали мне, что ты был у нее

Et ils lui parlèrent de moi

И они упомянули обо мне ему

Elle m'a donné un bon caractère

Она дала мне хороший характер

Mais elle a dit que je ne savais pas nager

Но она сказала, что я не умею плавать

Il leur a fait savoir que je n'étais pas parti

Он сообщил им, что я не поехал

Nous savons que c'est vrai

Мы знаем, что это правда

Si elle poussait l'affaire, que deviendriez-vous ?

Если она будет настаивать на этом, что станет с вами?

Je lui en ai donné un, ils lui en ont donné deux

Я дал ей одну, они дали ему две

Vous nous en avez donné trois ou plus

Вы дали нам три или больше

Ils sont tous revenus de sa part vers vous

Все они вернулись от него к вам

bien qu'ils aient été les miens avant

хотя раньше они были моими

Si j'avais la chance d'être

Если мне или ей случится быть

Si j'étais impliqué dans cette affaire

Если бы я или она были вовлечены в это дело

Il compte en vous pour les libérer

Он доверяет вам в том, что вы освободите их

Exactement comme nous étions

Точно такими же, какими мы были

Mon idée, c'est que vous aviez été

Я думал, что вы были

Avant qu'elle n'ait cette crise

До того, как у нее случился этот припадок

Un obstacle qui s'est dressé entre

Препятствие, которое оказалось между

Lui, et nous-mêmes, et cela

Он, и мы сами, и оно
Ne lui faites pas savoir qu'elle les aimait mieux
Не говорите ему, что они ей понравились больше всего
Car cela doit être à jamais un secret, caché à tous les autres
Ибо это должно быть навсегда тайной, хранимой от всего остального
Ce secret doit rester un secret entre vous et moi
Эта тайна должна остаться тайной между тобой и мной
Le roi était très impressionné
Король был очень впечатлен
« C'est la preuve la plus importante que nous ayons entendue jusqu'à présent »
«Это самое важное доказательство, которое мы когда-либо слышали»
— Je ne crois pas que ces vers aient un atome de sens, objecta Alice
— Я не верю, что в этих стихах есть хоть капля смысла, — возразила Алиса
le roi avait sa propre opinion sur la question
у короля было свое мнение по этому поводу
« S'il n'y a pas de sens dans ces mots, cela sauve un monde de problèmes »
«Если в этих словах нет смысла, это спасает мир неприятностей»
« Alors nous n'avons pas besoin d'essayer de trouver le sens »
«Тогда нам не нужно пытаться найти смысл»
« Laissons le jury délibérer sur son verdict »
«Пусть присяжные обдумают свой вердикт»
« Non, non ! » dit la reine
"Нет, нет!" - сказала королева
« La condamnation d'abord, le verdict ensuite »
«Сначала вынесение приговора, а потом приговор»
« Des bêtises et des bêtises ! » dit Alice à haute voix
"Чепуха и чепуха!" - громко сказала Алиса
« Comme il est stupide de condamner l'accusé en premier ! »
«Как глупо выносить приговор подсудимому первым!»

« Tais-toi ! » dit la reine en devenant violette

"Попридержи язык!" - сказала королева, побагровев

« Je ne me tairai pas ! » dit Alice

- Я не буду держать язык за зубами, - сказала Алиса

cria la reine à tue-tête

Королева закричала во весь голос

« Coupez-lui la tête ! »

«Отруби ей голову!»

Personne n'a fait un mouvement

Никто не сделал движения

« Qui se soucie de ce que vous dites ? » dit Alice

"Какая разница, что ты говоришь?" - сказала Алиса

Elle avait atteint sa taille maximale à ce moment-là

К этому времени она уже выросла до своего полного роста

« Tu n'es rien d'autre qu'un jeu de cartes ! »

«Ты всего лишь колода карт!»

À ces mots, toutes les cartes se levèrent dans les airs

При этом все карты поднялись в воздух

et toutes les cartes s'abattaient sur elle

и все карты полетели на нее

Elle poussa un petit cri

Она слегка вскрикнула

Elle était à moitié effrayée, mais aussi en colère

Она была наполовину напугана, но и зла

Et elle a essayé de se battre contre les cartes

И она попыталась отбить у себя карты

puis elle se retrouva allongée sur le talus d'herbe

А потом обнаружила, что лежит на травяном берегу

Sa tête était sur les genoux de sa sœur

Ее голова лежала на коленях сестры

Des feuilles mortes s'étaient posées sur son visage

Несколько опавших листьев упали ей на лицо

et sa sœur balayait doucement les feuilles

а ее сестра осторожно смахивала листья

« Réveille-toi, ma chère Alice ! » dit sa sœur

"Проснись, Алиса, дорогая!" - сказала ее сестра

« Quel long sommeil tu as eu ! »

«Как долго ты спал!»

« Oh, j'ai fait un rêve si curieux ! » dit Alice

"О, мне приснился такой странный сон!" - сказала Алиса

Et elle raconta à sa sœur tout ce qu'elle pouvait se rappeler

И она рассказала сестре все, что помнила

toutes les étranges aventures que vous venez de lire

Все те странные приключения, о которых вы только что читали

Alice se leva et s'enfuit en courant

Алиса встала и побежала прочь

et elle pensait, tout en courant, à son rêve

И пока бежала, она думала о своем сне

« Quel rêve merveilleux cela avait été ! »

«Какой это был чудесный сон!»